가끔은 먹는 게 불행해

가끔은 먹는 게 불행해

수연 지음

라곰

Prologue

'먹는 것'이 다시 행복한 일이 될 수 있기를

난 스무 살에 처음 다이어트를 시작해 수많은 요요와 두 번의 폭식증을 겪었다.

대한민국에서 태어난 평범한 여자들 중 다이어트를 한 번도 시도해보지 않은 이들이 없다지만 난 유독 다이어트에 집착했다. 살을 빼고 난 후에도 날씬함이라는 짧은 행복감을 느끼는 대신 더 마르기 위해 스스로를 채찍질했고, 마냥 벌을 받듯 남은 시간들을 폭식증에 시달리며 고통 속에서 살아야 했다.

각종 미디어에서 다이어트 정보들은 어렵지 않게 찾아볼 수 있지만, 다이어트 후 부작용에 대한 경험담이나 정보들은 찾기 어려웠다. 내가 겪는 고통을 누군가에게 속 시원하게 말할 수도 없었다. "나 너무 힘들어"라고 말하면 "네 의지가 약해서 그런 거야"라는 대답이 돌아올 것이 뻔했기 때문이다. '나만 이상한 거구나'라는 생각에 더 외롭고 힘들었다.

그래서 나는 폭식증을 극복하고, 다이어트에 대한 정답을 찾게 된 후 과거의 나와 같은 힘듦을 겪고 있는 사람들에게 조금이라도 도움이 되었으면 하는 마음에 내가 겪은 경험들을 공유하리라 마음먹었다. '먹는 것'으로 고통받고 있는 이들이 나처럼 많은 시간을 허비하지 않고 폭식에서 해방될 수 있도록 안내하고 싶었다. '먹는 것'이 다시 즐겁고 행복한 일이 될 수 있도록. 건강한 삶을 회복할 수 있도록.

다이어트에 대한 강박과 식이장애를 얻게 되는 이들이 점점 늘어나고 있다. 이 책은 음식에 대한 강박을 없애고 일상으로 돌아가는 이야기다. 더 이상 먹는 것이 불행한 일이 되지 않기를, 하루빨리 평범한 식사를 하는 행복과 한 걸음 더 가까워지기를 진심으로 바란다.

차례

Prologue. '먹는 것'이 다시
행복한 일이 될 수 있기를 • 4

Part 1. 내가 지나온 숫자들

내 별명은 '토마스 기차' • 11

"이 사진이 진짜 나라고?" • 15

1일 1식, 잘못된 시작 • 19

탄탄하고 마른 몸에 대한 갈망 • 23

'실패한 김에 오늘만 맘껏 먹자', 첫 번째 폭식 • 31

와르르 무너진 날 • 35

더 깊고 긴 두 번째 폭식 • 40

배고프면 먹는, 어쩌면 당연한 루틴 • 45

맛있는 음식을 기분 좋게 먹는다는 것 • 51

Part 2. 끊임없이 먹거나, 계속 거부하거나

의외로 많은 사람이 겪는 문제 • 59

먹어도 먹어도 공허하다면 • 66

폭식과 다이어트는 공존할 수 없다 • 72
폭식에서 벗어나기 위한 4가지 방법 • 78
단번에 사라지는 마법의 약은 없다 • 88
더 이상 울면서 줄넘기를 하지 말자 • 91

Part 3. 평생 닭가슴살만 먹고 살 순 없잖아

모두를 위한 다이어트는 없다 • 97
닭가슴살을 평생 먹을 자신이 있는가? • 102
작은 계획이 더 중요하다 • 105
밥은 '안 먹어서' 찌는 것 • 109
머릿속 모든 다이어트 상식을 지워라 • 113
세상에 먹지 말아야 하는 음식은 없다 • 117

Part 4. 한 걸음만으로도 충분해

초콜릿 하나면 끝난다 • 125
식욕을 더 자극하는 운동 • 128
목표는 소박하게, 계획은 최소한으로 • 132

걷기의 힘 • 135
운동 자체가 스트레스로 다가온다면? • 139

Part 5. 참을 수 없다고 상처받지 말 것

우리는 다이어트를 위해 사는 게 아니다 • 145
빨리 가려다, 더 돌아간다 • 149
완벽한 하루는 없다 • 153
현재의 나를 '인정'하자 • 159
당장 할 수 있는 것을 하자 • 164

Part 6. 폭식 없는 내 인생의 마지막 다이어트

1단계. 기간은 1년, 기대치는 최소한 • 169
2단계. 살찌는 습관을 찾아내라 • 172
3단계. 일반식을 먹어라 • 175
4단계. 나만의 1인분 찾기 • 178
5단계. 저녁을 잘 챙겨 먹을 것 • 181
6단계. 군것질과 멀어지기 • 184
7단계. 어떤 변수에도 흔들리지 않는 연습 • 188

Special Page. 수연쌤 다이어트 Q&A • 191

Part 1

내가 지나온 숫자들

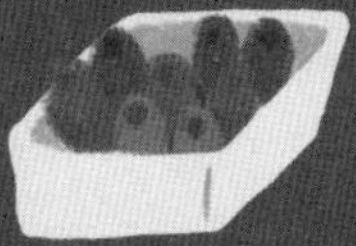

내 별명은 '토마스 기차'

나는 태어났을 때부터 대한민국 평균치의 체형을 가진 사람이었다. 통통한 체질도, 그렇다고 엄청 마른 체질도 아니었다. 하지만 고등학교 3학년 때부터 본격적으로 살이 찌기 시작했다. 공부에 대한 스트레스를 먹는 것으로 풀었고, 여느 고3이 그렇듯 늘 책상 앞에 앉아 있다 보니 살이 날로 불어나기 시작했다.

내가 다니던 학교는 남녀 공학이었다. 남자아이들과도 곧잘

친하게 지낸 탓에 내 살은 종종 놀림의 대상이 되곤 했다. 당시 내 별명은 '토마스 기차'였다. 얼굴에 살이 잔뜩 올라 동그래서 생긴 별명이다. 한창 외모에 예민할 나이에 그런 놀림을 받는 게 견디기 쉬운 일은 아니었지만, 그렇다고 화를 내면 민망한 분위기로 인해 내 자신이 더 비참해질까봐 대충 웃으며 받아쳤다.

우리 학교는 유난히 급식이 맛있었다. 점심시간을 알리는 종이 울리면 난 누구보다 빠르게 급식을 먹고 싶은 마음에 달리기 선수에 빙의해 급식실로 뛰어가곤 했다. 그러다 어느 날은 넘어져서 발목을 접질리고 깁스를 하기도 했다. 중요한 건 그 이후에도 목발을 짚고 절뚝거리면서까지 급식실로 달려갔다는 것이다. 그 당시에는 그만큼 '먹는 게 낙'이었다.

학원이 끝나면 밤늦은 시간에 삼겹살을 구워 먹기도 하고, 식후 아이스크림은 필수 코스로 등극할 정도로 군것질을 달고 살았다. 늘 맛있는 음식으로 스트레스를 풀곤 했었다. 대학교에 입학하면 살이 빠진다는 엄마의 말을 맹신하며 아무 생각 없이 먹어댔다. 그렇게 나는 1년 만에 61.8킬로그램까지 살이 찌게 되었다.

스무 살이 되었고, 원하는 대학교에 합격했다. 합격 소식과 함께 나름 다이어트를 하기로 결심하고 여러 시도를 해봤다. 엄마가 어디선가 사 온 시가 100만 원가량의 값비싼 다이어트 약, 당시에 유행했던 원푸드 다이어트(일정 기간 한 가지 음식만 먹는 것) · 덴마크 다이어트(삶은 달걀, 블랙커피, 자몽 위주로, 탄수화물은 적게 먹고 단백질은 충분히 먹는 다이어트 방법) · 해독 다이어트(독소를 해독하는 다이어트 방법으로 단식, 액체 다이어트, 디톡스 주스 등을 활용한다) 등등. 하지만 며칠도 못 가 실패했다.

그렇게 난 내 인생 최고의 몸무게를 찍은 채 대학교에 입학하게 되었다. 엄마 말대로라면 대학교 입학 후에 살이 빠져야 하는데, 웬걸? 그런 일은 생기지 않았다.

대학 생활도 그다지 즐겁지 않았다. 우리 신입생 중에 유난히 주목받는 친구들이 있었는데, 난 당연히 해당 사항이 아니었다. 난 그 원인이 내가 통통해서라고 생각했다. 나는 통통하니 당연히 관심을 못 받겠지. 통통한 몸으로 인해 어딜 가나 소심하고 의기소침한 성격이 되어버렸다.

어느 날은 통통한 내 몸을 마주하기 싫어, 유리창에 내 모습이 비치면 실눈을 뜨고 지나쳤다. 늘 살에 대한 스트레스를 달고 살았다. 그렇다고 다이어트를 제대로 시작할 만한 엄청난 계기도, 불타는 의지도 없었다.

그저 나는 "다이어트 할 거야"라는 말만 입에 달고 살았다.

"이 사진이 진짜 나라고?"

말로만 '다이어트'가 아닌 진짜 다이어트를 해야겠다고 결심하게 된 계기가 있었다. 때는 대학교 1학년 여름 방학이었다.

친구와 약속을 잡고는 최대한 꾸미고 약속 장소에 나갔다. 화장도 하고, 치마도 입고, 구두도 신었다. 친구가 특별히 꾸미고 온 내 모습을 사진으로 찍어줬는데, 그 사진을 보고 누군가에게 머리를 망치로 한 대 얻어맞은 기분이었다.

'이게 나야? 이게 나라고?'

분명 나이기는 한데, 내가 아닌 것 같았다. 내가 통통하다는 사실은 알고 있었지만 이 정도일 줄은 몰랐다. 도저히 믿어지지 않았다.

지금껏 실눈을 떠가면서까지 보지 않으려 했던, 부정하려 했던 내 모습을 정확히 마주한 시간이었다. 다른 사람들이 보는 내 모습이 이렇구나. 이제는 정말 뒤로 물러날 곳이 없다는 것을 깨달은 순간이었다.

그렇게 약속된 만남을 끝내고 집에 돌아와 그 자리에서 옷을 홀딱 벗고 속옷만 입은 채로 사진을 찍었다. 다이어트 '비포(before)' 사진을 남기려는 생각이었다.

그때는 왜인지 무조건 성공할 수 있을 거란 이유 모를 자신감과 확신이 있었다. 단순히 '살 뺄 거야'라는 마음이 아니라 '나 무조건 뺀다'라는 마음에 가까웠다. 어느 누구도 막을 수 없는 엄청난 의지가 속에서 끓어올랐다. 여태까지 입으로만 다이어트를 해왔던 내가 제대로 칼을 뽑아든 것이다.

난 다이어트 계획을 세우기 시작했다. 이번엔 반드시 성공해야만 했기에, 신중하고 이성적으로 다이어트 계획을 세워야 했다.

우선 이전에 실패했던 자잘한 다이어트 계획들을 나열해보았다. 하나같이 먹는 걸 극단적으로 줄이고 강도 높은 운동을 하는 계획들이었다. 내가 아는 '나'라는 아이는 '먹는 걸 좋아하고, 운동하기를 싫어하는데?' 현실적으로 하루도 이어나가지 못할 계획들이었다.

여러 번의 경험을 통해 분명 며칠 못 가서 포기하고 폭주해버릴 내 모습을 스스로 잘 알고 있었다. 실천하지도 못할 계획을 백날 세워봐야 소용없었다.

'그래, 내가 실천할 수 있을 것들을 계획으로 세워보자.' 그렇게 생각하고 딱 두 가지의 계획을 세웠다.

첫째, 하루 세끼'만' 먹기.

둘째, 집 앞 공원에서 한 시간 걷기.

그게 나의 첫 다이어트 계획이었다. 하루 세끼만 먹는 게 너무 당연해 보일 수 있지만, 당시의 나는 하루에 세끼만 먹는 것도 어려울 만큼 식탐이 컸다. 또 운동을 싫어했기에 최대한 내가 할 수 있을 만한 쉬운 강도의 운동만 계획했다. 계획이 쉬웠던 만큼 결과도 좋았다.

그렇게 나는 48킬로그램까지 감량하게 되었다.

사진으로 보는 다이어트 스토리 1

우연히 친구가 찍어준 사진에 충격을 받아 다이어트를 시작했다. 그렇게 61.8킬로그램에서 48킬로그램까지 감량에 성공한다.

1일 1식,
잘못된 시작

대학교 1학년 여름방학 동안 10킬로그램을 감량하고 학교에 돌아가게 되었다. 이후 살이 더 빠져 총 14킬로그램을 감량하게 되었다.

방학 전엔 61.8킬로그램, 개강 후엔 48킬로그램.

개강 후에 달라진 모습을 보여주고자 다이어트를 시작했던 건 아니지만 얼떨결에 달라진 모습으로 학교에 돌아가게 되었다. 그

땐 얼마나 설레었는지 모른다. 한평생 통통하다는 말만 듣고 살아왔던 내가 누가 봐도 날씬해 보이는 48킬로그램이 되었으니 인생이 180도 바뀔 거라는 생각까지 했다. 살이 빠진 후 흔히들 말하는 '개강여신'이 되어 갑자기 인기가 폭발한다든지 지나가는 사람들이 뒤돌아 나를 쳐다본다든지 하는 드라마의 한 장면 같은 일들이 펼쳐질 거라고.

그런데 놀랍게도 나에겐 아무 일도 일어나지 않았다. 심지어 내가 살이 빠졌는지 모르는 동기들도 있었다. 내가 먼저 "나 살 빠지지 않았어?"라고 물어보면 그제야 "아, 그런가?" 정도의 답이 돌아왔다.

그때 알았다. 사람들은 내가 뚱뚱한지 말랐는지, 살이 쪘는지 안 쪘는지 관심이 없다는 것을. 모든 것을 통통한 내 몸과 연관 지어 늘 소심하고 의기소침했던 하루하루들이 허무해졌던 순간이었다.

이후 난 긴 머리를 단발로 잘라버렸다. 살이 빠지니 그전에는 하고 싶어도 하지 못했던 단발머리에 도전한 것이다. 다이어트에 성공하게 되니 외모에 대한 자신감이 생겼던 것이다. 외적인 자신감은 물론 성격도 눈에 띄게 밝아졌다. 말 그대로 긍정적으로 변하게 되었다.

드라마 같은 일은 벌어지지 않았지만, 내 변화한 태도 덕분인지 내 살이 빠졌음을 알아봐주는 사람들이 생겼다. 입고 싶은 옷도 마음껏 입을 수 있으니 매일매일이 새로웠고, 하루하루가 행복했다.

당시의 내 기분은 '세상이 내 것 같다'는 표현이 맞을 것이다. 그렇게 자연스럽게 술자리도 많아졌고, 약속도 늘어났다. 딱 거기까지는 좋았다.

수많은 약속이 생겨나니 내 간단했던 원칙이 깨지는 날이 생기기 시작했다. 그러다 보니 48킬로그램의 몸무게를 유지하기 위해 다른 방법이 필요했다. 그렇게 1일 1식을 시작했다. '하루 한 끼만 먹으면 괜찮겠지?'라는 생각이었다. 그 한 끼가 배가 찢어질 정도의 한 끼가 될 줄은 몰랐지만.

한 끼밖에 못 먹는다는 생각이 식욕을 더 자극했다. 무조건 맛있는 음식을 많이 먹으려 했고, 그 한 끼에 못 먹는 것에 대한 한을 풀기 시작했다. 음식을 먹을 수 있는 기회는 하루에 한 번뿐인데, 먹고 싶은 것들은 너무 많았다.

그래서 선택한 것이 뷔페 투어였다. 한 끼에 '여러 종류의 음식'을 '많이' 먹는 것에 초점을 맞췄다. 프랜차이즈 뷔페에서부터 유명하지 않은 동네 뷔페까지 온갖 뷔페에서 배가 찢어질 때까지 먹었다.

처음엔 너무 일찍 먹으면 자기 전까지 배고플까봐 4~5시쯤 한 끼를 먹기로 했지만 날이 갈수록 식사 시간을 기다리는 게 너무 곤욕이었다. 그래서 3시로 당겼다가, 다시 2시로 당겼다가, 또다시 1시로 당겼다. 하루 한 끼를 먹는 시간이 차츰차츰 당겨지면서, 결국 낮 12시에 한 끼를 먹는 일도 생겼다.

문제는 하루 한 끼를 12시에 먹는 상황이 벌어지자 그 한 끼로는 잠들 때까지 버틸 수 없었다는 것이다. 저녁 시간만 되면 먹고 싶은 욕구를 참을 수가 없었다. 결국 매일 정해진 한 끼만 먹는 것이 아니라 저녁에 참지 못하고 야식과 술을 먹기 시작했다.

다음 날은 늘 죄책감과 불안함의 연속이었다. 그렇게 1~2년을 보내다 보니, 4킬로그램 정도의 요요가 찾아왔다.

탄탄하고 마른 몸에 대한 갈망

스물두 살, 나는 내 인생의 두 번째 다이어트를 결심했다.

1~2년간 차근차근 늘어난 살들에 매일같이 스트레스를 받아오던 차에, 운 좋게도 다이어트에만 집중할 수 있는 환경이 주어졌고, 기회다 싶어 다시 다이어트 계획을 세우게 되었다.

이번에는 목표가 조금 달랐다. 48킬로그램으로 다시 감량하되, 탄탄한 48킬로그램 만들기.

'한 번 사는 인생, 연예인들처럼 11자 복근 한번 가져봐야 하지 않겠어?'

그렇게 야심찬 목표와 함께 탄탄한 몸을 목표로 다이어트에 돌입했다.

나는 전형적인 다이어트 식단을 따랐다. 점심은 현미밥과 보리밥을 섞어 3분의 2공기 정도, 반찬은 두부구이 혹은 닭가슴살과 샐러드. 저녁은 닭가슴살, 고구마, 달걀 등을 먹었다.

운동은 40~50분 정도의 근력운동을 중심으로 30~40분 정도의 유산소운동을 병행하며 매일같이 칼 같은 계획들을 지켜나갔다.

한 번 살을 빼본 경험이 있는 데다 1일 1식을 하면서 찾아온 요요에 '다시 살을 빼야 한다'는 스트레스에 시달렸던 나였기에 오랜만에 다시 제대로 된 다이어트를 하고 있음에 설레었다. 매일같이 몸무게를 재며 무슨 일이 있어도 계획한 식단과 운동을 칼같이 지켜냈다. 복근운동을 배가 찢어지기 직전까지 하고, 다이어트에 방해될 만한 약속들을 일체 잡지 않는 등 하루 24시간 다이어트에만 초점을 맞추고 과한 열정을 쏟으며 앞만 보고 달렸다.

그렇게 한 달이 지나고 두 달이 지나면서 살이 조금씩 빠지기 시작했다. 안 하던 근력운동을 열심히 하니 내가 원하던 '탄탄하고 마른 몸'이 되었다.

그렇게 또 찾아온 잠깐의 행복. 원하는 것을 성취했다는 자신감에 다시 내 성격은 긍정적으로 변했다. 평생 이렇게 먹고 운동하라면 할 수 있을 만큼 예전과 달라진 내 모습이 너무도 만족스러웠다.

그러던 어느 날 나는 우연한 기회에 피팅 모델 일을 제안받게 되었다. 너무너무 설레었다. 내가 피팅 모델을 하다니, 이전에는 감히 꿈꿔본 적도 없던 일이었다. 인터넷 쇼핑을 할 때마다 입고 싶어도 맞는 사이즈가 없어서 늘 포기해야 했던 내가 피팅 모델을 하다니. 이런 상황이 얼떨떨하고 감격스럽기 그지없었다.

피팅 모델 촬영은 너무나 즐거웠다. 여러 예쁜 옷을 입어보고 보기만 해도 눈이 즐거운 가방들을 메며 촬영을 했다. 촬영장에 있는 많은 사람이 다 나에게 집중하고 있고, 그들이 나의 옷매무새를 만져주고 스타일링을 해주니, 마치 내가 연예인이 된 느낌이었다. 태어나 처음 느껴본 간질간질한 기분이었다.

하지만 그 간질간질한 설렘도 잠깐뿐이었다. 여러 번 촬영을 하다 보니 이전에는 보이지 않았던 것들이 아주 적나라하게 눈에 들어오기 시작했다. 촬영 후 내 모습을 모니터링하는데, 카메라에 찍힌 내 모습은 정말이지 최악이었다.

'얼굴이 이렇게나 후덕해? 다리는 왜 이리 두꺼워? 내 종아리가 이렇게 못생겼었나? 살을 더 빼야 하나?'

다른 피팅 모델들을 보다 보니 끊임없이 내 몸과 비교되기 시작했다. 그들은 빼빼 마른 몸에 단점 하나 없어 보이는데, 나는 어디 가서 피팅 모델이라고 하기에도 부끄러울 정도로 통통해 보였다.

그런 생각이 들기 시작하자 피팅 모델 자격이 없는 내가 모델이랍시고 있는 게 부끄럽게 느껴졌다. 괜히 촬영장에서도 사람들 눈치를 보게 되었고, 자연스레 주눅이 들기 시작했다.

그래서 난 다시 결심했다. 살을 '더' 빼야겠다. 더 이상 살에 스트레스 받지 않게 아예 빼빼 마르면 해결되는 일 아닌가.

문제는 '어떻게'였다. 지금도 충분히 다이어트 식단을 하고 있고, 운동도 매일같이 타이트하게 하고 있는데 여기서 어떻게 해야 더 뺄 수 있을지 방법이 떠오르지 않았다. 그러다 아주 간단한 방법 하나가 떠올랐다.

"아! 밥을 끊으면 되겠다!"

먹는 양을 줄여도 안 되고, 운동을 해도 안 된다면 아예 먹지 않는 게 방법이었다. 그렇게 나는 일상에서 밥을 뺀 초절식 다이어트를 시작했다.

지금 돌이켜보면 당시의 나는 충분히 보기 좋은 몸이었다. 다른 사람들이 날 보며 말랐다고 말하기도 할 만큼 살이 많이 있는 편도 아니었다. 하지만 내 눈에 난 그렇지 않았다.

남들은 의식하지도 않는 내 몸의 사소한 단점까지 찾아내는 지경이었기에 다른 사람들의 말이 귀에 들어올 리가 없었다. 거울에 비친 내 모습은 후덕하고 못나 보이기만 했다.

초절식 다이어트의 식단은 닭가슴살, 고구마, 달걀, 과일, 견과류로만 구성되어 있었다. 운동은 매일 유산소운동 세 시간. 지금 생각하면 말도 안 되는 계획이었다. 그때는 그저 빼빼 마르고 싶다는 생각에 나중 일 따위는 생각할 겨를이 없었다. 나를 극단으로 몰아붙였다.

그렇게 하루하루 보내다 보니 살이 더 빠지기 시작했다. 당연한 결과였다. 먹은 게 없으니 살이 빠질 수밖에. 내가 원하는 대로 내 몸은 하루하루 말라가기 시작했다. 그렇게 46.8킬로그램의 몸이 되었다.

당시 누군가가 나에게 말했다.

"수연아, 너 그거 병이야. 좀 먹어가면서 다이어트 해."

겉으로는 웃어 넘겼지만 속으로는 이렇게 생각했다. '말처럼 쉬웠으면 진작 했겠지. 좀 먹어가면서 다이어트를 어떻게 해? 자기가 뭘 알아? 내가 여기까지 어떻게 왔는데. 내가 살을 빼려고 얼마나 노력했는데.'

살이 빠졌으니 예상대로라면 내 모습이 만족스럽고 행복해야만 했다. 그런데 그게 그렇지 않았다. 정반대였다. 살이 더 빠진 이후로도 카메라에 담긴 내 모습은 여전히 단점 투성이였다. 살을 빼고 나니 뼈 굵기나 얼굴형 등 체형적인 부분까지 보이기 시작하며 외모에 대한 집착은 더 심해져갔다.

더 큰 문제는 초절식 다이어트를 시작하고 몸에 이상한 변화들이 생기기 시작했다는 것이다. 모서리에 조금만 스쳐도 온몸에 시퍼렇게 멍이 들었고, 계단을 몇 개 오르는 것조차 어지럽고 힘겨워졌다. 건강상의 위험 신호였지만 살이 우선인 내게 건강이 우선시되었을 리가 없었다. 당시 나의 최대 고민은 건강 따위가 아닌 '46.8킬로그램의 체중을 어떻게 유지해야 하는가'였으니까.

먹는 걸 최소한으로 줄였으니 더 이상 방법이 없었다. 여기서 더 살이 빠질 일은 없고, 조금만 방심하면 살이 찌는 상태였다. 그때부터였다. 스멀스멀 먹고 싶은 게 넘쳐나기 시작했던 것이. 억지로 욕구를 누르며 닭가슴살을 먹자니 하루 종일 우울하고 무기력했다.

46.8킬로그램을 유지하기 위해 내가 세운 나만의 하루 루틴이 너무 명확했다. 정해진 시간에 식단을 먹어야 했기에 외출할 때마다 비닐봉지에 닭가슴살, 고구마, 오이를 담아 가지고 다녔다.

냄새가 날까봐 카페 비상계단에 쭈그리고는 한여름 날씨에 뜨거워진 오이를 먹었던 날이 생생히 기억난다(그 탓에 나는 아직도 오이를 좋아하지 않는다).

내가 만든 이 루틴에서 조금이라도 어긋나면 살이 찔까봐 겁이 났다. 나의 계획이 조금이라도 틀어지면 안 되기 때문에 약속을 잡지 않기 시작했다. 왜? 누군가를 만나면 혹시라도 무언가를 먹어야 할 상황이 올 수도 있었기 때문이다.

하나둘 사람과의 만남을 피하다 보니 혼자 있는 시간이 늘어났다. 일어나서 잠에 들기 전까지(심지어 꿈에서까지) 다이어트 생각뿐이었다.

24시간 다이어트에만 초점이 맞춰져 있었는데, 얼마 지나지 않아 내 머릿속은 음식들로 가득 차게 되었다.

사진으로 보는 다이어트 스토리 2

마른 몸에 대한 갈망은 극단적 다이어트로 이어졌고, 음식에 대한 강박으로 이어졌다. 그렇게 폭식이 시작되었다.

‘실패한 김에 오늘만 맘껏 먹자’, 첫 번째 폭식

그때부터 시작이었다. 다이어트 전에는 좋아하지도 않았던 빵, 떡, 과자, 아이스크림 등등 군것질거리들이 미친 듯이 당기기 시작했던 것이.

그때까지만 해도 먹는 것을 참지 못하는 내 모습에 내 의지가 부족한 탓이라고 생각했다. ‘의지가 부족하니 이런 음식들이 생각나는 거지’ 하면서 스스로를 다그쳤다. 금방이라도 터질 것만 같은 위태로운 내 식욕을 더욱더 눌러대며 꾸역꾸역 참아냈다.

그러다 난생처음 ‘폭식’이 나에게 찾아왔다. 6년이나 흐른 지금도 생생히 기억나는 하루.

그날은 야외촬영을 하루 앞둔 하루였다. 여느 날과 같이 닭가슴살과 고구마로 하루 세끼를 연명하며 먹고 싶은 것들을 꾹꾹 참아내는 하루를 보내고 있었다. 저녁 때쯤, 답답한 마음에 산책을 하려 집 밖을 나섰는데, 동네 빵집을 지나가다 갑자기 이성의 끈이 탁 하고 놓이는 느낌이 들었다. 그렇게 난 무언가에 홀린 듯 빵집에 들어갔고, 아무것도 들어 있지 않은 모닝 빵 하나를 집어 들어 계산했다. 그러고는 그 자리에서 봉지를 뜯고 허겁지겁 모조리 흡입했다.

계획에도 없던 빵을 먹다니 있을 수 없는 일이었다. 빵 한 봉지를 모조리 먹어치우고 나서야 내 행동에 대한 후회가 몰려왔다. 계획에서 어긋난 음식을 먹었으니 오늘은 명백히 실패한 날이었다. 그런데 곧장 이런 생각이 들었다.

'이왕 실패했으니 오늘만 먹을까?'

너무 오래 참았으니, 어차피 실패했으니 오늘만큼은 나에게 보상을 줘도 되지 않을까라는 생각도 들었다. 마음을 먹으니 기회는 오늘뿐이라는 조급함도 들었다.

그렇게 나는 폭주하기 시작했다. '그래, 초밥을 먹고 싶었는데. 초밥 먹으러 가자.' 그렇게 초밥을 먹으러 가던 도중 슈퍼마켓이 보였다. '맞다, 나 찰떡파이도 먹고 싶었는데.' 슈퍼마켓에 들어가 빠르게 찰떡파이를 사서 바로 포장을 뜯었다. 누가 쳐다보든 말든 신경 쓸 겨를도 없었다. 그렇게 찰떡파이를 먹으면서 초밥집으로 걸어갔다.

초밥집에서는 평소라면 먹기 힘들 양의 초밥 세트를 시켜 남김없이 먹었다. 세트를 다 먹고 나서는 당연히 배가 부를 만도 한데, 더 먹어야겠다는 생각만 간절했다. 초밥집을 나온 내 발걸음은 햄버거 가게로 향했다. 심장은 빠르게 뛰고 있었다. 계속 뭔가를 입안에 넣어야만 할 것 같았다. 그렇게 꾸역꾸역 햄버거 세트와 각종 사이드 메뉴를 입안으로 밀어 넣었다.

음식을 먹는 게 아니라 욱여넣는다는 표현이 딱 맞았다. 당시의 감정은 무언가를 단순히 '먹고 싶다'가 아니라 '입에 욱여넣고 싶다'였다. 남들은 몇 날 며칠 먹을 음식들이 끊임없이 내 몸속으로 들어가는 게 너무 이상했다.

모든 것을 다 먹어치우고 나니 깊은 후회가 밀려왔다. 당장 내일 촬영이 잡혀 있는 게 문제였다. 이렇게 먹었으니 얼굴과 몸이 붓는 건 당연한 결과였다. 조급한 마음에 조금이라도 운동을 하면 내일 붓기가 가라앉을까 싶어 집 앞에서 운동을 했다. 무거워진 몸을 억지로 움직이며 운동을 하는데 이상하게 눈물이 났다.

항상 먹고 싶은 것을 칼같이 자제하며 계획대로 하루를 살아내던 나였는데, 내 의지대로 먹는 행위가 멈춰지지 않는 경험은 처음이었다. 스스로가 너무 괴물 같았고, 이 상황 자체가 무섭고 혼란스러웠다.

와르르 무너진 날

'폭식'이라고 하면 사람들은 그저 평소보다 많이 먹었다는 의미 정도로만 생각한다. 하지만 내가 처음 겪은 폭식은 단순히 많이 먹는 게 아니었다. 배가 터질 듯이 부름에도 불구하고, 이유 없는 공허함에 끊임없이 음식들을 몸 안에 욱여넣는 행위였다.

그렇게 생겨난 폭식 증상은 그 이후에도 종종 나타났다. 그리고 나에겐 새로운 루틴이 생겼다.

폭식 - 질식 - 폭식 - 절식

폭식한 다음 날은 절식했다. 잔뜩 음식을 먹은 스스로에게 벌을 주듯 다음 날에는 아무것도 먹지 않는 것이 나에게 자연스러운 공식이 되었다. 그렇게 폭식과 절식을 반복했다.

폭식을 하는 날이면 '내일은 못 먹는 날'이니까 오늘 후회 없이 먹어둬야 한다는 생각에 더 먹었다. 폭식과 절식을 반복하다 보니 폭식의 강도가 점점 심해지기 시작했다. 더 자극적인 군것질거리들로 폭식을 했고, 술과 함께 폭식을 일삼기도 했다.

술에 취하면 먹는 것에 대한 죄책감이 일시적으로 사라졌기 때문에, 폭식을 하기 위해 술을 먹는 날도 허다했다. 술 먹고 집에 들어갈 땐 편의점을 털어 평소 눈독 들였던 과자들을 쓸어 담았다. 그러고는 다음 날에는 전날 무엇을 먹었는지 되짚어보고 경악하기를 반복했다.

한번은 술을 마시고 폭식한 다음 날 아침 일어나보니 머리맡에 과자들이 굴러다니고 있었다. 몸에는 알 수 없는 상처도 나 있었다. 잠결에 폭식한 스스로를 원망하며 내 몸을 스스로 꼬집어 상처를 낸 것이다. 참 웃기지 않나. 그깟 다이어트가 뭐라고 스스로 몸을 꼬집어가면서 괴롭히는지.

그 비슷한 시기에 생리불순까지 찾아왔다. 어쩌면 당연한 결과였다. 폭식과 절식을 반복하는데 몸이 정상적으로 버텨줄 리가 없었다.

폭식 후 절식은 내가 살이 찌지 않기 위해 이 악물고 붙잡는 끈과 같았다. 절식은 폭식한 다음 날 하루 종일 굶으면 살이 찌지 않겠지 싶어 내린 최후의 조치였다.

그런데 더 문제가 되는 건 '절식'도 점점 내 마음대로 되지 않았다는 것이다. 오늘은 아무것도 먹으면 안 되는 날인데, 먹으면 안 된다는 생각에 청개구리마냥 식욕이 들끓었다. 나중에는 절식하는 것조차 의지대로 되지 않았다.

'아, 모르겠다. 그냥 먹자. 먹는 것에 한을 풀자.'

늘 완벽을 추구했던 내가 와르르 무너졌다. 이왕 이렇게 되었으니, 먹는 것에 한을 풀어 더 이상 먹고 싶은 게 없을 때 다시 다이어트를 시작하는 게 낫겠다 싶었다. 그렇게 나는 다이어트를 놓아버렸다.

그리고 여태껏 억눌려 있던 식욕을 채우기 위해 한이 맺힌 듯 음식을 먹기 시작했다. 그렇게 몇 달이 지나자 지금까지 살을 빼기 위해 고생했던 시간들이 우스울 만큼 빠른 속도로 살이 찌기 시작했다.

이쯤 되면 먹을 만큼 먹었으니 제대로 다이어트를 시작해야 하는데 아무리 먹어도 먹어도 먹고 싶은 게 사라지지 않았다. 먹으면서도 불안했고 하루하루 급속히 살이 찌는 내 모습을 보면서 허무하고 우울하고 힘들었다. 살이 빠지는 모습을 보면서 기뻐했던 과거와는 상반되는 현실이었다.

그렇게 나는 다이어트 전의 체중이던 61.8킬로그램으로 다시 돌아갔다.

모든 사람에게 나는 '다이어트에 성공한 애'로 불리곤 했다. 쉽지 않은 다이어트를 해낸 독한 아이, 성실한 아이. 그런데 도로 살찐 내 모습을 보면 사람들이 비웃을 것만 같았고 한심하게 볼 것 같았다.

같이 사는 엄마도 내가 살찐 걸 알아볼 것만 같아 눈을 마주치기 어려웠다. 살에 대한 강박이 심했기 때문에 평범한 일상생활이 버거웠다. 살찐 내 모습을 누구에게도 보여주기 무서워 하나 둘씩 사람들과의 만남을 차단하기 시작했다. 결국 난 사람들의 눈을 피해 혼자만의 동굴에 갇혔다.

더 깊고 긴
두 번째 폭식

하루하루 우울함에 빠져 살았다. 폭식하고 자고, 폭식하고 자고. 내 인생에는 '먹는 것' 그리고 '자는 것' 외에는 존재하지 않았다. 그 외에는 아무것도 하고 싶지 않았다.

심하게 무기력한 상태. 다이어트 성공 후에 행복했던 시절의 내 모습과 비교하면 초라하기 짝이 없었다. 그 시절과 지금을 비교하며 스스로를 끝없이 불행하게 만들었다.

어떤 게 행복한 건지, 행복이란 느낌이 기억나지 않았다. 행복한 날이 다시 나에게 오기는 할까라는 생각도 들었다. 그렇게 하루하루를 동굴 속에서 보내고 있을 즈음 계절이 바뀌고 봄이 찾아 왔다.

지금도 생생히 기억난다. 집에서 오랜만에 나왔는데 기분 좋은 봄 냄새가 났다.

문득 '나도 다시 행복해질 수도 있지 않을까?', '나도 행복할 자격이 있지 않을까'란 생각이 들었다. 이 지긋지긋한 어둠 속에서 빠져나와 다시 세상 밖으로 나가고 싶다는 생각이 들었다.

나는 다시 다이어트를 시작하게 되었다. 이번엔 초절식 다이어트가 아닌 건강하고 든든하게 먹으면서 하는 다이어트.

기분이 좋아지고 행복해질 수 있다는 긍정적인 생각들이 넘쳐나니 자연스럽게 식욕도 줄어들었다. 덕분에 8킬로그램 감량에 성공했다. 그리고 약 1년 만에 다시 생리를 시작했다. 규칙적인 식사가 한몫했지만 나의 심리 상태도 큰 영향을 끼친 것 같았다.

폭식증을 극복하고 정상적인 식습관으로 돌아가, 다시 다이어트에 성공했다! 이렇게 나의 다이어트 스토리가 해피 엔딩으로 마무리되었다면 얼마나 좋았을까. 그런데 얼마 지나지 않아 또다시 폭식증이 찾아왔다.

'왜? 초절식 다이어트를 하지도 않았는데, 운동을 미친 듯이 하지도 않았는데?'

이번엔 음식의 결핍이 아닌 마음의 결핍이 원인이었다. 다이어트 성공 후에 앞만 보고 바쁘게 하루하루 달리는데 슬럼프가 찾아왔다.

본격적으로 인플루언서 활동을 하면서 SNS를 시작한 것이 원인이었다. 남들에게 보여지는 것이 일이다 보니 내 기분, 내 컨디션과 달리 1년 365일 행복한 모습, 즐거운 모습을 보여줘야 했다. 하지만 내 감정과 다른 모습을 연출하는 것은 매우 고통스러운 일이었다.

공허함이 느껴지니 그 빈자리를 먹는 것으로 채우려는 행동이 반복되기 시작했다. 그렇게 또다시 폭식증이 찾아왔다.

두 번째 폭식증은 처음보다 더 깊고 고통스러웠다. 그리고 두 번째 폭식을 통해 나는 '식이장애에 완치란 없다'는 것을 알게 되었다. 폭식증은 내가 심리적으로 조금만 위태로워지면 언제든 다시 찾아올 수 있는 것이었다.

'폭식증을 한번 이겨냈으면 두 번째 폭식증은 더 쉽게 이겨낼 수 있지 않을까?'라고 생각하는 사람들도 있을 것이다. 나도 그럴 줄 알았다. 폭식증에 대해서 너무 많이 아는 내가, 이럴 땐 어떤 행동을 해야 하고 어떤 마인드를 가져야 하는지 너무도 잘 아는 내가 오히려 너무 잘 알아서, 너무 많이 알아서 더 어려웠다. 차라리 아무것도 몰랐으면 좋겠다는 생각이 들 만큼 머릿속에서 온갖 정보들이 뒤섞여 뭐가 맞는 건지 뭐가 틀린 건지 판단조차 어려웠다.

그렇게 1년 동안 SNS 활동을 일체 하지 않고 더 깊은 동굴에 틀어박히게 되었다. 요즘 말로 '잠수'를 탔다(1년간 아무 소식이 없어 내가 사고로 죽은 줄 알았다는 친구도 있었다).

첫 번째 폭식증이 찾아왔을 때에는 시간이 흐르고 계절이 바뀌면서 힘을 내어 폭식증을 이겨낼 수 있었다. 그래서 나는 봄이 오기만을 기다렸다. 하지만 이번엔 봄이 와도 폭식증은 사라지지 않았다. 그렇게 반년, 8개월, 10개월이 흘렀다. 하루도 제대로 행복해본 적 없는 1년을 보냈다.

그렇게 1년간 이어진 폭식으로 나는 다시 60킬로그램대로 돌아오게 되었다.

사진으로 보는 다이어트 스토리 3

폭식증은 한 번에 극복되는 것이 아니었고 완치가 없었다. 그리고 반복될수록 고통은 더 깊어졌다. 몸도 마음도 지쳐만 갔다.

배고프면 먹는,
어쩌면 당연한 루틴

다이어트는 쉽다. 적게 먹고 많이 움직이면 된다. 그런데 이토록 간단한 다이어트가 나에게는 왜 이렇게 어려운 걸까.

20대 초반을 돌이켜보니 내 20대의 절반이 온통 다이어트뿐이었다. 처음엔 그저 친구가 찍어준 사진에 충격을 받아 시작한 다이어트였는데, 이제는 살에 대해 집착을 넘어 폭식증까지 얻는 지경에 이른 것이다.

애초에 다이어트에 성공하고 체중을 유지하는 것이 불가능한 것일까? 통통했던 사람들은 결국 다이어트에 실패할 수밖에 없는 걸까? 성공하더라도 결국 다시 제자리로 돌아오는 걸까?

주변의 사람들을 유심히 관찰해보았다.

마른 사람들을 관찰해보니 그들은 운동을 그리 열심히 하는 편이 아니었고, 매 끼니 닭가슴살과 고구마를 챙겨 먹지도 않았다. 나는 살찔까봐 평소에 먹지도 못하는 음식들을 아무렇지 않게 먹고, 심지어 카페에 가서 케이크를 먹기도 했다. 하지만 그들에게는 공통점이 있었다. 바로 '배고플 때 먹고 배부르면 안 먹는 것'이었다.

또 그들은 먹고 싶은 게 있다면 언제든 자유롭게 먹었다. 6시 이후 금식 같은 제한을 두지 않았다. 언제든 배가 고프면 먹었다. 그렇기에 그들은 '음식에 대한 집착'이 없었다.

반대로 나는 어떤가. 늘 다이어트 생각에 사로잡혀 음식을 있는 그대로 바라보지 못했다. 어떤 음식을 볼 때면 살이 찌는 음식인지, 안 찌는 음식인지 분류하고, 머릿속으로 칼로리를 계산했다. 음식을 보면 '맛있겠다', '먹고 싶다'는 생각이 아니라 '몇 칼로리 살찌는 음식', '먹어도 되는 것과 안 되는 것'으로 생각이 흘러

갔다. 그렇기에 음식을 먹은 후에는 만족감이 아닌 죄책감을 느꼈다.

6시 이후 음식을 먹으면 살이 찔까봐 늘 저녁을 6시 전에 먹으려는 강박을 가지고 있었고, 결국 자기 전 배고픔에 폭식을 하는 날이 허다했다. 운동 또한 어느 순간부터는 살이 찌지 않기 위한 수단으로 바뀌었다. 그래서 나 스스로 즐기는 것이 아닌 칼로리를 태우는 수단으로 억지로 강행해왔다.

나는 다이어트 강박과 음식에 대한 '집착'이 오히려 나를 살찌게 하고 폭식의 늪에서 빠져나오지 못하게 한다는 것을 알게 되었다. 그래서 결심했다. 내 인생의 마지막 다이어트를 해보자.

이번 '마지막 다이어트'는 이전처럼 마른 몸이 되겠다는 둥, 단기간에 10킬로그램을 빼겠다는 둥 거창한 목표를 따르지 않았다. 더 이상 나는 닭가슴살과 고구마를 먹을 자신도, 매일같이 헬스장에 가서 두 시간가량 운동할 자신도 없었다.

느리더라도 천천히 '평범한 사람'으로 돌아가는 것, 폭식을 하지 않고 평범한 사람처럼 음식을 먹는 것, 정상적인 식습관으로 돌아가는 것이 내 목표였다.

먼저 저녁을 먹기로 다짐했다. 평범한 사람들은 저녁을 먹는다. 저녁을 먹는 건 너무나도 정상적인 건데, 저녁을 먹으면 살이 찐다는 고정관념이 오히려 나를 폭식의 늪에 빠지게 하지 않았나 하는 생각이 들었다.

두 번째로 음식에 제한을 두지 말고 남들처럼 평범하게 1인분만 먹었다. 먹고 싶은 음식이 있으면 가리지 않고 먹되, 폭식을 하듯 입에 욱여넣는 대신 남들처럼 즐겁게 '식사'를 하자.

운동도 매일 무리하게 계획해서 스스로를 스트레스 받게 하는 대신, 그냥 일상에서 많이 움직이는 것을 목표로 했다. 그리고 이 방법을 '꾸준히' 실천하며 이어나가보자는 목표를 세웠다.

이 마지막 다이어트가 정답이 아니라면 나는 다시는 다이어트를 하지 않기로 다짐했다. 다만 정답인지 아닌지는 최소한 1년은 해보고 판단하기로 했다. 어떤 다이어트든 내가 1년 이상 꾸준히 해온 것이 없었으니까.

그렇게 마지막 다이어트를 결심한 후 난 계획대로 먹고 싶은 음식이 생기면 무조건 그날 먹었다. 혹여나 살찔까봐 먹고 싶은 음식을 참는다면, 식탐이 두 배로 늘어 나중엔 결국 더 많은 양을 먹게 된다는 것을 경험으로 알고 있었으니까.

동시에 먹고 싶은 음식을 적당히 먹는 연습을 했다. 치킨, 마라탕, 초밥, 피자, 햄버거 등 이전에는 상상도 할 수 없었던 음식을 평범하게 대하는 연습이었다.

초반에 이런 음식들을 마주했을 때는 '먹어도 되나' 하는 생각이 들었지만, 내가 언제든 먹을 수 있는 음식이라는 사실을 인지한 시점에는 이 음식들이 특별히 간절하게 느껴지지 않았다. 못 먹을 때는 먹으면 안 된다는 생각에 더 간절했던 것이지, 이제 늘 먹어도 되는 음식이 되니 그런 특별함은 사라졌다. 자연스럽게 식욕이 조절되었다. 나중에는 배부름이 느껴지면 숟가락을 내려놓을 줄 아는 내가 되어 있었다.

물론 그 과정들을 이어나가면서 과식한 날도 있었다. 하지만 '폭식'을 하지 않았다는 것에 큰 의미를 두고 '많이 먹었으면 좀 걸으면 되지'라며 스스로를 다독였다.

운동 또한 거창하게 매일 헬스장에서 근력운동과 유산소운동을 하는 것이 아니라 일상 속에서 조금이라도 많이 움직이려고 노력하는 정도가 다였다. 많이 먹었다 싶으면 소화를 위해 걸어주고, 너무 안 움직인 날에는 집 앞에서 간단히 산책을 해주는 정도였다. 심지어 너무 바쁜 날에는 운동을 아예 못한 날도 있었다.

그렇게 한 달이 지나고 두 달이 지나면서 자연스럽게 '다이어트를 하고 있다'라는 생각이 사라졌다. 나는 하루하루 다이어트를 바라보며 사는 게 아닌 내 삶을 살고 있다.

시간이 지나면서 이전에 입던 옷이 커진 것을 보고 살이 빠지고 있음을 체감했다. 하지만 몸무게는 재지 않았다. 살이 빠지긴 빠졌구나. 욕심 부리지 않고 이 소중한 일상을 놓치지 않아야겠다 정도로만 생각했다.

평범하게 음식을 즐기고 폭식을 하지 않는 이 일상이 너무 만족스러운데, 몸무게를 쟀을 때 내가 생각한 숫자가 아니라면 지금껏 느꼈던 사소한 변화들에 고마움을 느끼지 못한 채 또다시 다이어트의 굴레로 빠져들 것 같았기 때문이다.

맛있는 음식을 기분 좋게 먹는다는 것

다이어트라는 스트레스에서 벗어나자 안정적인 일상이 이어졌다. 차츰 음식에 대한 집착도 사라졌고, 음식양도 스스로 조절할 수 있게 되었다.

무엇보다 어떤 음식의 칼로리는 몇인지, 어떤 음식이 살을 덜 찌게 하는지 늘 음식 앞에서 수십 가지 생각을 하고, 음식을 먹으면서도 불안해 '죄책감'으로 마무리되던 식사가, 맛있는 음식을 기분 좋게 먹고 끝나는 '행복함'으로 마무리되었다. 식사를 하는 행위 자체를 즐길 수 있게 된 것이다.

몸무게 하나로 일희일비하는 하루를 만들고 싶지 않아 1년간 체중계 위에 올라가지 않았다. 사실 특별히 궁금하지도 않았다. 다이어트에 얽매이며 힘들어했던 일상에서 벗어나 음식을 즐기는 것만으로도 내 일상에 충분히 만족했기 때문이다.

그렇게 1년이 지나, 이제는 몸무게 하나로 무너지지 않을 정도로 스스로가 단단해졌다는 생각이 들었을 때 비로소 체중계 위에 올라갔다.

정확히 10킬로그램이 빠져 있었다. 식욕을 제한하지 않고, 극단의 다이어트를 하지 않고, 매일 엄청난 운동을 하지 않았는데도 10킬로그램이 빠져 있었다.

'내 방법이 맞았구나.'

드디어 다이어트에 마침표를 찍은 것이다.

내가 먹고 싶은 음식은 참지 않고 먹었다. 식사의 주도권을 늘 나에게 주었다. 내가 먹고 싶은 음식이 무엇인지 나의 욕구를 파악하고, 욕구가 쌓이지 않게 바로바로 해소했다. 오늘도, 내일도, 모레도, 앞으로도 쭉 언제든 내가 먹고 싶은 음식을 먹을 수 있다는 안정감이 생기고 나니 폭식은 자연스럽게 사라지게 되었다.

또 이전과 크게 달라진 부분은 내 '식탐'이 사라졌다는 것이다. 어느새 음식은 식사의 수단으로 자리 잡혀 있었다.

마지막 다이어트에 성공한 나는 5년간의 다이어트를 돌이켜 보며 많은 것을 알게 되었다.

사람의 식욕은 본능이기 때문에 억누른다고 사라지지 않는다는 것. 그리고 억누를수록 배가 되어 나를 덮친다는 것. 스스로를 괴롭혔던 기존의 다이어트에서 벗어나 음식에 대한 제한을 두지 않고 적당히 먹는 식습관을 '꾸준히'만 이어나가면 살은 저절로 빠지게 된다는 것을 내 몸을 통해 알게 되었다.

먹고 싶은 음식을 1인분만 기분 좋게 먹고, 군것질을 피하고, 많이 걷기. 아무것도 아닌 것 같은 이 하루의 계획이 '꾸준함'과 만났을 때는 결코 아무것도 아닌 게 아니었다.

그 이후 나는 내 인생 최저 몸무게인 45킬로그램까지 찍게 되었다. 초절식 다이어트를 했을 때에도 보지 못했던 최저 몸무게를 마지막 다이어트를 통해 보게 된 것이다.

이후 2년이 지난 지금도 다이어트 식품을 입에 대지 않고, 먹고 싶은 음식을 먹으며, 과한 운동 없이, 무엇보다 폭식증 없이 지금의 몸을 꾸준히 유지하고 있다.

마지막 다이어트는 나에게 아주 큰 의미가 있다. 단순히 10킬로그램을 뺐다는 결과 때문이 아니다(감량 자체는 어떤 수단과 방법을 동원하든 '일시적으로'는 만들 수 있는 결과치다). 10킬로그램을 감량하면서도 더 이상 음식으로 인해 고통받지 않고, 먹고 싶은 음식을 죄책감 없이 먹으며, 폭식을 하지 않는 이 일상을 가지게 되었다는 것이 아주 큰 의미가 있다.

그리고 이 습관들이 몸에 자리 잡혀 어렵지 않게 계속 '유지'되고 있다는 것.

나는 지난 5년이라는 시간 동안 다이어트 실패를 반복하면서 스스로를 다이어트 하나 성공시키지 못하는 '낙오자'라고 생각했다. 그렇게 생각할 법도 한 게, 먹는 것 하나 컨트롤하지 못해 몇 년 동안 다이어트를 반복하는 내 꼴을 보니 초라하고 한심하기 그지없었기 때문이다.

내가 겪는 고통을 누군가에게 속 시원하게 말할 수도 없었다. "나 다이어트 때문에 너무 힘들어"라고 이야기하면 "많이 먹어서 그렇지", "너의 의지가 약해서 그런 거야"라는 대답만 돌아올 것이 뻔했기 때문이다.

그런 그들 앞에서 “그게 아니라 식욕이 내 맘대로 조절이 안 돼. 혼자 엄청난 양의 음식을 괴물같이 흡입하고 살찔까봐 후회하고……. 이런 날들이 반복되고 있어서 너무 고통스러워”라고 구구절절 비참하게 설명하고 싶지도 않았다.

난 폭식증이라는 식이장애를 감추기 위해서 사람들 앞에서 늘 평범한 척 연기해왔으니까.

폭식증을 극복하고 나서 SNS에 폭식증을 겪었던 이야기를 공유했다. 생각보다 정말 많은 사람이 과거의 나처럼 다이어트 강박증, 그리고 폭식증으로 인해 일상생활이 불가능할 정도로 힘들어한다는 것을 알게 되었다.

그래서 나는 다이어트로 인해 고통을 겪고 있는 사람들이 과거의 나처럼 많은 시간을 허비하지 않고 올바른 길로 갈 수 있도록 안내해주고 싶었다. ‘먹는 것’이 다시 즐겁고 행복한 일이 될 수 있도록, 건강한 삶을 회복할 수 있도록 말이다.

그렇게 2017년 다이어트 클래스를 시작했다. 닭가슴살과 고구마만 먹는 극단적인 방법으로 자신을 갉아먹는 다이어트 말고,

음식에 구애받지 않고도 평범한 일반식으로 할 수 있는 다이어트를 말이다.

사진으로 보는 다이어트 스토리 4

내 인생의 마지막 다이어트는 반복된 다이어트로 망가진 내 몸과 마음을 되돌리고, 평범한 일상을 되찾아주었다. '먹는 것'이 다시 즐겁고 행복한 일이 되었다.

Part 2

끊임없이 먹거나,
계속 거부하거나

의외로 많은 사람이 겪는 문제

대한민국에서 태어난 평범한 여자들 중에 다이어트를 한 번도 시도해보지 않은 사람이 얼마나 있을까?

우리가 살고 있는 시대는 외모의 가치가 높이 평가되는, 과장해서 말하자면 외모 지상주의 시대다. TV나 SNS에서는 마른 몸을 가진 사람들이 추앙받고, 조금만 통통해도 주변 사람들에게 "살 좀 빼라"는 말을 듣는다. 날씬함을 미의 기준으로 강조하고, 자기 관리로 살을 뺀 사람을 성공한 사람이라고 부르는 요즘이다.

외모를 중시하는 사회 분위기 탓에 다이어트와 성형으로 스트레스를 받는 20대들이 넘쳐나고 있다. 과체중이든 보통 체중이든 자신의 모습에 만족하지 못하기 때문에 다이어트를 시작하게 되고, '안 먹어야 살이 빠진다'라는 생각이 자리 잡히게 된다.

문제는 '먹지 말아야' 한다는 강박이 결국 음식에 대한 집착으로 이어지게 된다는 것이다. 그러다 보니 '식욕'이 정상적으로 작동하지 않게 되고, 결국 '폭식 - 후회 - 절식 - 폭식'의 패턴이 반복되면서 우리는 폭식증의 늪에 빠져들게 된다.

내가 운영하고 있는 다이어트 클래스는 각자 다이어트와 관련된 자신의 사연을 적은 신청서를 받아 그중에서 회원을 선발한다.

그런데 놀랍게도 클래스를 신청한 사람의 80퍼센트가 폭식증으로 힘들어하고 있었다. 생각보다 많은 사람이 나와 같은 폭식증을 겪고 있었던 것이다.

스물한 살, 처음 폭식이 터졌던 시절의 나는 '폭식증'이라는 게 존재하는지도 몰랐다. 비정상적으로 음식을 먹는 내 모습에 놀라서 인터넷을 뒤지고 뒤지다가 그제야 내가 폭식증이라는 것을 알았다.

지금은 유튜브, 인스타그램 등에서 폭식증에 대한 정보를 쉽게 찾을 수 있지만 7년 전 내 폭식증이 처음 시작되던 때만 해도 관련 정보가 많지 않았다.

인터넷에 '폭식증'을 검색하면, '나 자신을 사랑해야 한다', '정신과의사의 도움을 받아라' 정도의 이야기들만 나왔다. 왜 폭식증이 생기는지, 어떻게 폭식증을 극복하는지 구체적인 방법을 알려주지는 않았다. 폭식증 극복기와 같은 개인적인 경험담도 찾아보기 힘들었다. 그러다 보니 폭식증을 겪고 있는 당시의 내가 유별난 사람이란 생각이 들었고, 부끄러움에 더더욱 남들에게 털어놓지 못하고 끙끙 앓았다.

폭식증을 겪어보고 나니 폭식증에 대한 정보가 턱없이 부족한 것이 이해가 갔다. 보통 폭식증을 가진 사람들은 폭식하는 스스로를 부끄러워하기 때문에 폭식증이 있다는 사실을 숨기려고 한다. 나 역시 그랬다. 그러다 보니 폭식증 증상은 어떠한지, 어떻게 극복할 수 있는지 구체적이고 생생한 사례가 공유되기 힘들었다.

나라도 나서서 폭식증의 극복 과정을 공유해야겠다고 생각했다. 물론 그 과정은 쉽지 않았지만 나의 폭식증 경험을 털어놓고 폭식증 극복을 위한 정보를 공유하기 시작했다.

다음은 다이어트 클래스를 신청한 회원들이 들려준 사연들이다.

"다이어트를 무한 반복하고 있습니다. 안 먹어가면서 일주일 만에 4킬로그램을 빼고 다음 주엔 폭식으로 그대로 찌고를 무한 반복하고 있습니다."

"보디 프로필 촬영 후에 먹고 싶은 것을 마음껏 먹었더니 이전보다 살이 더 찌게 되었고, 전보다 훨씬 많은 양의 음식을 조절하지 못한 채 폭식을 합니다."

"제가 꿈꾸는 직업이 날씬한 몸매를 필요로 하다 보니, 작년부터 다이어트를 엄청 혹독하게 해왔습니다. 그러다 보니 하루에 열 번도 넘게 체중을 잰 지도 1년이 넘었습니다. 문제는 45킬로그램을 만들기 위해 절식을 하다가도 한 번 식욕이 터지면 미친 듯이 폭식을 하게 되는 거예요. 그 죄책감에 다음 날 설사약을 먹고 수분을 뺀 적도 있어요."

"저는 허벅지에 살이 좀 많을 뿐 마른 편이었는데도 항상 제

다리만 보이고 스스로가 뚱뚱하다고 생각했어요. 여행 갈 때 원하는 바지가 맞지 않아서 무작정 적게 먹기부터 시작해서 저염식 식단을 따라 하고 굶기도 해보았습니다. SNS 등에서 유행하는 다이어트 식품들을 사 먹기도 했어요. 그렇게 7킬로그램을 뺐지만 그대로 다시 돌아왔어요. 항상 배고프고, 음식에 집착했어요. 살을 뺀다고 해도 2주 뒤에 더 찐 상태로 돌아왔어요."

이들에게는 폭식 증상 말고 또 하나의 공통점이 있다. 바로 하나같이 '극단적인 다이어트'를 시도했다는 것이다.

과거에 극단적인 다이어트 경험을 많이 해본 사람일수록 폭식증이 생길 확률이 매우 높다. 극단적인 다이어트 식단은 반드시 요요현상을 불러오는데, 더 큰 문제는 이전에는 없던 '식이강박'까지 불러온다는 것이다.

살찌는 것에 대한 공포가 심한 사람들은 요요현상을 막기 위해 계속해서 다이어트를 시도한다. 하지만 다이어트를 할수록 커지는 식욕으로 인해 다이어트 - 폭식 - 요요 - 다이어트 - 폭식 - 요요의 굴레를 무한 반복하게 된다.

그 과정에서 음식을 이전처럼 평범하게 바라보지 못하게 된다. 눌러왔던 식욕으로 인해 음식에 대한 갈망은 멈추지 않고 결국 배부름을 인지하는 능력이 손상되어 폭식증을 얻게 된다.

마른 몸을 강요하는 사회에서 단기간에 극단적으로 살을 빼고자 하는 이들이 수두룩한 만큼, 폭식증을 겪고 있는 사람들 또한 그에 비례해 아주 많다. 다이어트와 몸매에 대한 지나친 스트레스로, 살에 집착하는 많은 여성에게 나타나는 너무나도 씁쓸한 현상이다.

혹시 나도 폭식증? 폭식증 자가진단

다음 문항을 읽고 자신에게 해당되는 내용에 체크 표시를 해보세요.

4개 이상 해당한다면 폭식증을 의심해볼 수 있습니다.

• 사람들과 어울려서 먹는 것보다 혼자 먹는 게 더 편하고 좋다.	□예	□아니오
• 짧은 시간(두 시간) 안에 일반 사람들보다 훨씬 많은 양의 음식을 먹는 행동이 주 2회 이상 반복된다.	□예	□아니오
• 사람들 앞에서 과식하는 모습이 부끄러워서 보여주기 싫다.	□예	□아니오
• 배가 고프지 않은데도 먹는다.	□예	□아니오
• 폭식할 때 음식의 맛을 음미하기보다는 양에 집착한다.	□예	□아니오
• 사람들 앞에서 식사할 때는 정상적으로 먹는 척을 한다.	□예	□아니오
• 음식 생각 때문에 일상생활이 힘들다.	□예	□아니오
• 배가 부른 상태에서도 계속 음식을 꾸역꾸역 먹어서 괴로웠던 적이 있다.	□예	□아니오
• 음식을 먹는 도중에는 먹는 행위를 멈추지 못한다.	□예	□아니오
• 폭식 후 우울함과 자괴감에 빠진다.	□예	□아니오
• 폭식 다음 날은 절식한다.	□예	□아니오
• 폭식 후에는 정상적인 그 어떠한 것도 하기 싫다. 예) 운동, 청소, 세안, 양치.	□예	□아니오
• 폭식 후 살이 찔 것 같은 불안감에 구토, 변비약 섭취, 수면, 과도한 운동, 절식 등의 행동을 취한다.	□예	□아니오
• 다이어트를 무한 반복한다.	□예	□아니오

※ 위의 자가진단은 잘못된 식이 습관을 스스로 점검해보기 위한 것입니다.
의학적·전문적 소견과는 차이가 있을 수 있습니다.

먹어도 먹어도 공허하다면

평범한 사람들은 기존에 먹던 양보다 많이 먹을 경우 '폭식했다'는 표현을 쓰곤 한다. 하지만 폭식증은 단순히 많이 먹는 것을 뜻하지 않는다. 평소보다 많이 먹는 것은 '과식'이고 폭식은 그 양상이 조금 다르다.

네이버에 폭식증을 검색하면 이런 설명이 나온다.

"단시간 내에(약 두 시간 이내) 일반인들이 먹을 수 있는 양보다 명백히 많은 양을 먹고, 음식을 먹는 동안 음식 섭취에 대해 통제력을 잃는다. 또한 체중 증가를 막기 위해 음식물을 토해내거나 설사약·이뇨제를 남용하거나 과도한 운동을 하기도 하며, 자신의 체중과 체형에 대하여 과도하게 집착하는 증상이 반복적으로 나타나는 상태."

폭식증은 일시적인 과식과 식탐이 아니라 음식에 대한 자제력을 잃고 비상식적으로 많은 양의 음식을 미친 듯이 먹어대는 것이다. 배가 부름에도 불구하고 꾸역꾸역 음식을 넣으며, 음식을 먹는 속도가 일반인들보다 매우 빠르다. 또 먹는 행위를 도중에 멈추는 것을 어려워한다.

이렇게 비정상적인 식사를 반복하는 폭식증은 대체 왜 생기는 것일까?

폭식증은 대부분 극단적인 다이어트의 부작용으로 시작된다. 평범한 사람에게 폭식증이 생기는 보통의 패턴은 이렇다.

단기간에 살을 빼리라 마음먹는다. 극단적인 다이어트를 시작하면서 칼로리를 제한하고, 탄수화물 섭취를 극도로 줄인다. 처음에는 살이 빠지는 재미도 있고 다이어트가 크게 어렵지 않게 느껴져서 그 식단을 이어나간다. 시간이 지날수록 스멀스멀 먹고 싶은 것들이 생각나지만 살찌는 것이 무서워서 욕구를 억누르게 된다.

극단적인 다이어트로 탄수화물이 부족해지면 몸은 즉각 섭취할 수 있는 나쁜 탄수화물을 찾는다. 바로 빵, 과자, 초콜릿, 케이크와 같은 군것질류다. 이미 먹는 것에 대한 압박을 느낀 상태에서 군것질류의 식욕을 억누르는 건 훨씬 힘들다.

참을 만큼 참고 억눌러보지만 인내의 한계점은 찾아오게 마련이고, 폭식은 터져버리고 만다. 그리고 이때 터져나오는 식욕은 오랫동안 억지로 제한해왔기 때문에 먹어도 먹어도 공허함이 사라지지 않는다. 만족이 되지 않는 것이다.

한번 터져버린 폭식은 이후에는 더 자주 찾아오게 된다. 폭식을 했다는 사실에 살찔 것 같은 두려움은 더욱 커져버리고, 이전보다 더 식단을 타이트하게 조이게 된다. 문제는 이렇게 자신을 조이면 조일수록 압박감은 더 커져 폭식 욕구가 더 자주 찾아오게 된다는 것이다.

폭식증을 겪는 많은 사람이 문제의 원인을 자신에게서 찾는다. 본인의 의지가 약하기 때문에 '먹는 것 하나 못 참고' 폭식을 한다고 생각한다. 그렇게 스스로를 자책하는 경우가 많지만 폭식증은 의지로 해결되는 것이 아니다. 내 의지가 약해서가 아니라 오랜 시간 극단적인 다이어트로 식욕을 느끼는 뇌의 중추에 문제가 발생해서 나타나는 증세이기 때문이다. 한마디로, 식욕에 렉이 걸린 셈이다.

폭식증은 사람을 참 외롭게 만드는 병이다. 마음대로 식욕이 조절되지 않기 때문에 스스로를 자책하는 나날들이 이어지고, 짧은 시간 내에 많은 양의 음식을 해치우는 모습은 스스로 괴물같이 느껴지게 만든다.

폭식증이 없는 평범한 사람들에겐 먹는 것 하나 조절 못 하는 의지박약으로 비춰지기 때문에 누군가에게 털어놓기도 어렵고, 누군가에게 들키려고 하지도 않는다.

폭식증을 얻게 되면 혼자 폭식하는 날들이 많아진다. 혼자가 편하기 때문에 다른 사람들과 함께 식사를 하는 것을 점점 꺼리게 된다. 더불어 폭식으로 인해 온몸이 붓고 살이 찌게 되면 사람들을 만나는 것조차 두려워진다. 혹여나 누군가가 지나가는 말로 "살 좀 붙었네"라고 내뱉는다면 하늘이 무너지는 기분이 든다. 하루 종일 그 말을 곱씹고 스트레스 받을 만큼 살에 대해 굉장히 예민해진다.

나는 폭식증을 얻은 후 심한 우울증에까지 시달렸다. 한창 폭식증을 앓고 있을 당시 회사를 다니고 있었는데, 월화수목금을 꾸역꾸역 버티고 금요일 밤이 되면 기다렸다는 듯 폭식을 하는 패턴이 반복되었다.

그렇게 주말을 온통 폭식으로 가득 채우고 나면, 월요일이 되기 하루 전인 일요일 밤에는 너무도 괴로웠다. 주말 동안 엄청나게 폭식을 해댔으니 월요일이 되면 내 얼굴은 부어 있을 것이고, 그럼 그 얼굴을 들키지 않기 위해 사람들을 피해 다녀야 한다는 생각 때문이었다.

폭식으로 인해 잔뜩 무거워진 몸과 우울함을 숨긴 채 아무 일 없는 듯 동료들에게 '평범한 척' 연기하는 것이 너무도 끔찍했다. 누군가가 내게 살이 쪘다고 하면 "그렇죠? 이제 다이어트 해야죠" 하고 최대한 자연스럽고 능청스럽게 받아쳤지만 속은 문드러졌다. 그들은 내가 괴물같이 폭식을 하고 매일같이 다이어트에 목매는 모습을 알 리가 없으니 나는 마치 가면을 쓴 기분이었다.

어느 월요일 아침에는 출근 준비를 하면서 어린아이처럼 엉엉

울기도 했다. 내가 봐도 비정상적인 내가 사회에 섞여 정상적인 척을 하는 것이 너무도 버거웠다. 더 이상은 일상생활이 불가능하다는 판단에, 결국 휴직을 하게 되었다.

폭식증의 가장 잔인한 부분은 폭식증으로 인한 우울감, 외로움, 스트레스가 결국 또 폭식으로 이어져서 폭식증의 늪에서 빠져나올 수 없게 만드는 것이다. 그렇기에 폭식증은 때때로 삶을 통째로 삼켜버리기도 한다.

폭식과 다이어트는 공존할 수 없다

폭식증에 시달릴 때, 폭식증을 극복하기 위해 많은 정보를 검색했다. 관련 책도 찾아보고 각종 온라인 커뮤니티를 뒤졌지만 '나 자신을 사랑하라', '내 마음을 돌보아라'와 같은 추상적인 이야기들이 전부였고 실질적으로 내게는 당장 큰 도움이 되지 않는 이야기들뿐이었다.

당장 내가 실천할 수 있는 구체적인 방법을 찾지 못해 답답했다. 아마 지금 이 순간에 폭식증으로 괴로워하는 이들도 과거의 나와 비슷할 것이다. 빨리, 당장 극복하고 싶은 마음은 잘 알지만, 구체적인 방법을 이야기하기에 앞서 폭식증으로 힘들어하는 사람들이 먼저 꼭 알았으면 하는 게 두 가지 있다.

첫째, 폭식증에 걸린 것은 당신 탓이 아니다. 한 회원님이 내게 이런 말을 한 적이 있다.

"선생님, 분명 배부르게 먹었는데도 계속 음식이 생각나는 나 자신이 한심해요. 지금 이 순간에도 빵을 막 먹고 싶어요. 폭식하고 후회하는 나 자신이 너무 싫어요."

폭식증을 겪어보지 않은 사람들이 보기에 폭식증은 먹고 싶은 음식 하나 참지 못하는 것으로 비치기 쉽다. 주변의 시선이 그렇다 보니 폭식증으로 고통받는 이들은 스스로를 한심하게 생각하며 자책하는 경우가 많다. 하지만 단언컨대 폭식증은 당신 탓이 아니다. '의지'의 문제가 아닌 '잘못된 다이어트로 인해 식욕에 문제'가 생긴 것이다.

스스로를 자책하고 탓하는 것은 멈추길 바란다. '잘못된 다이어트로 인해 내 식욕에 잠시 렉이 걸렸구나'라고 생각하기를 바란다. 나 자신을 탓할 이유가 없다. 내 잘못이 아니기에.

둘째, 폭식증과 다이어트는 절대 함께 갈 수 없다. 이렇게 이야기하는 회원님이 있었다.

"이제 그만 지긋지긋한 폭식에서 벗어나고 싶어요. 마르고 싶다는 욕구가 사라지지 않아서 폭식 후에 계속 다이어트를 해요. 폭식증에서 벗어나고 싶지만 마르고 싶다는 마음을 포기할 수도 없어요."

폭식증을 겪는 많은 사람이 공감할 것이다. 폭식증 자체가 날씬한 몸을 갖기 위한 극단적인 다이어트에서 생겨난 것이니, 폭식증을 겪으면서도 날씬해지고 싶은 욕구를 갖는 것이다.

폭식증에서 벗어나기 힘든 첫 번째 이유를 꼽자면, 폭식증을 겪는 과정에서 다이어트를 시도하기 때문이다. 폭식증을 겪고 있는 사람들이 다이어트에 성공하는 과정에는 순서가 있다.

① 폭식증을 없애고 → ② 정상적인 식습관을 오랜 기간 유지

한 뒤 → ③ 차근차근 조심스럽게 건강한 다이어트를 시작해야 한다.

다이어트에 성공하기 위해 제일 먼저 해야 할 일은 폭식증부터 없애는 것이다.

이 과정에는 오랜 시간과 많은 노력이 필요하다. 또한 폭식증을 한번 겪은 사람들은 언제든 이유 없이 폭식증이 재발할 수 있다. 그렇기에 ② 정상적인 식습관을 오랜 기간(1년 이상) 유지한 후 자신의 컨디션을 컨트롤할 줄 아는 상태로 만들어야 한다. 즉 자신의 욕구를 정확히 파악하고 해소하고 조절할 수 있는 상태로 만들어야 한다는 것이다. 그러고 나서야 폭식이 재발하지 않도록 아주아주 조심스럽게 ③ 평생 유지할 수 있는 건강한 다이어트를 해야 한다.

하지만 많은 사람이 빨리 살을 빼고 싶은 마음에 중간 단계를 통째로 생략하고 다이어트를 강행한다. 그 때문에 뿌리를 뽑지 못한 폭식증에서 오랜 시간 벗어나지 못한다.

과거의 나 또한 폭식증을 가지고 있으면서 날씬해지고 싶은 욕구를 버리지 못해 1년 동안 맨땅에 헤딩하듯 다이어트를 반복했다. 결과는 당연했다. 단 1킬로그램도 빼지 못하고, 오히려 갈수록 심해지는 폭식과 계속되는 다이어트 실패에 자존감은 바닥을 쳤다.

폭식증은 오랜 시간 음식에 대한 욕구를 제한해서 식욕에 문제가 생긴 것이기 때문에 식사 패턴을 일반 사람들처럼 바꿔야 폭식증을 극복할 수 있다.

그 과정에서 음식을 가리지 않고 규칙적으로 '평범한 식사'를 하는 연습을 해야 하는데, 이 과정에서 '살을 빼고 싶은 욕구'가 폭식증이 나아지는 것을 방해한다. 평범한 식습관으로 돌아가는 과정에서 살이 찔 것 같은 불안함에 습관처럼 다이어트를 시도하는 것이다. 그러면 폭식 욕구가 재발하면서 폭식증은 나아지지 않고 도돌이표처럼 반복되는 현상이 나타난다.

폭식증이 존재하는 이상 다이어트는 절대 성공할 수 없다. 그렇기에 폭식증부터 없애는 것이 순서다. 폭식증만 사라져도 살은 어느 정도 자연스럽게 빠지게 된다. 그리고 폭식증이 완벽히 사라진 후 천천히 다이어트를 시작하면 된다.

폭식증을 가진 상태에서 다이어트에 성공하는 방법은 세상에 존재하지 않는다. 장담한다. 과거의 나처럼 불가능한 것에 여러분의 소중한 시간을 허비하지 않았으면 좋겠다.

폭식에서 벗어나기 위한 4가지 방법

앞서 말한 두 가지를 충분히 숙지한 상태에서 폭식증에서 벗어나기 위한 첫걸음을 떼어보자.

첫째, 먹고 싶은 음식에 제한을 두지 않는다.

망가진 내 식욕을 돌리는 첫 번째 발걸음은 먹고 싶은 음식이 있으면 제한을 두지 않고 먹는 것이다. 마라탕, 치킨, 국밥, 피자, 햄버거, 떡볶이, 다 괜찮다. 먹고 싶은 욕구가 들면 참지 말고, 미루지 말고, 바로바로 먹어주자.

첫 번째 방법부터 읽자마자 벌써 거부감이 드는 사람도 있을 것이다. 먹고 싶은 음식을 제한 없이 먹으면 자연스럽게 살이 찔 거라고 생각하기 때문이다. 하지만 앞으로의 이야기를 들으면 생각이 달라질 것이다.

앞에서도 강조했지만, 폭식증은 식욕을 억누르고 제한했기 때문에 생겨난 것이다. 따라서 폭식증을 이겨내려면 억눌렸던 식욕부터 풀어줘야 한다. 한마디로, 음식에 목말라 있는 내 욕구를 충분히 충족시켜줘야만 폭식증이라는 괴물을 끝장낼 수 있다.

한 가지 예를 들어보겠다.

'빵'은 폭식증을 겪는 많은 사람이 폭식할 때 먹는 음식이다. 내가 폭식증을 겪고 있을 당시 나를 지독하게 괴롭혔던 녀석이기도 하다. 보통 다이어트를 시작하면 빵을 끊게 되는데, 먹지 못한다고 생각하면 빵을 먹고 싶다는 욕구가 더욱 강해진다. 그렇게 참을수록 머릿속에 아른거리면서 나중엔 빵이 무언가 특별한 음식처럼 여겨지기도 한다.

늘 빵으로 폭식하는 사람에게 매일 삼시세끼 많은 양의 빵을 먹으라고 하면 어떨까? 한 달 동안 아침 점심 저녁 빵만 먹어야 하는 것이다. 아무리 폭식증을 심하게 겪고 있는 사람이라도 한 달 동안 하루 세끼 빵을 먹으면 나중엔 빵만 봐도 속이 울렁거리고 빵으로 폭식하고 싶은 욕구는커녕 당분간 빵을 먹고 싶다는 생각조차 들지 않을 것이다.

먹으면 안 된다고 생각했기 때문에 음식이 특별해 보이는 것이지, 막상 일상에서 계속 먹을 수 있는 음식이라고 인식한다면 그 누구도 그 음식을 특별하게 생각하지 않는다.

처음엔 피자, 치킨, 마라탕, 햄버거 등 평소에는 살찔까봐 먹지 못했던 음식을 먹으려니 겁이 날 수 있다. 하지만 용기내서 부딪혀봤으면 좋겠다. 처음 한 번이 어렵지, 여러 번 반복되다 보면 생각보다 별것 아니라는 느낌이 들 것이다.

그렇게 부딪히다 보면 내가 늘 갈구해왔던 음식이 사실은 생각보다 특별한 음식이 아니라는 것, 내가 상상했던 것처럼 그렇게까지 맛있는 음식이 아니라는 것을 깨달을 수 있다. 그러면 자연스럽게 머릿속에서 끊임없이 음식 생각이 떠오르는 것도 점점 줄어든다. 음식을 평범하게 바라볼 수 있는 순간 더 이상 어떤 음식을 봐도 비정상적으로 '폭식'하고 싶다는 욕구가 생기지 않는다.

폭식증을 극복하기 위해 먹고 싶은 음식을 가리지 않고 먹는 과정에서, 초반엔 먹고 싶은 게 끊이지 않을 수 있다. 어젯밤 맛있는 걸 먹었는데도 아침에 일어나자마자 또 먹고 싶은 것들이 생각날 수 있다. 괜찮다. 당연한 현상이다. 그동안 식욕을 억눌렀던 시간이 있는데 하루아침에 음식에 대한 욕구가 해소되지 않는 건 당연한 일이다.

최대한 자신이 원하는 음식, 그리고 다양한 메뉴의 음식을 먹는 연습을 함으로써 '나는 언제든 먹고 싶은 것을 먹을 수 있는 사람'이라고 스스로 인식하는 것이 중요하다.

이 과정에서 사람들이 가장 힘들어하는 부분은 일반적인 식사를 하는 과정에서, 일시적으로 몸무게가 늘어나는 것에 스트레스를 받아 다시 다이어트를 해야 하나 고민하는 것이다.

비정상적인 식습관 패턴을 따르다가 일반적인 식사로 돌아가면 당연히 일시적으로 살이 찔 수 있다. 하지만 말 그대로 '일시적'인 현상일 뿐, 연습을 통해 식욕이 잡히면 폭식으로 쪘던 살들은 자연스럽게 빠지게 된다. 나 역시도 먹고 싶은 음식을 먹는 과정에서 살이 찌는 듯한 느낌이 들었지만 '나는 지금 내 몸을 정상으로 돌리는 중이야'라고 끊임없이 스스로를 다잡았다.

살이 오르는 것은 지금 잠깐뿐이니, 이 단계만 버티면 폭식에서 벗어나 정상적인 삶을 살 수 있다. 여기서 일시적으로 살이 찌는 게 무서워 포기하면 멈추지 않는 폭식으로 인해 살이 훨씬 더 찔 수 있다는 사실을 명심했으면 좋겠다.

둘째, 내 머릿속에서 '다이어트'를 없앤다.

폭식증이 생긴 원인도 다이어트, 폭식증이 나아지지 못하는 원인도 다이어트다. 폭식증을 없애기 위해서는 다이어트와 관련된 그 무엇도 하지 않아야 한다.

오랜 시간 다이어트를 반복해온 사람일수록 머릿속에 수많은 다이어트 정보가 가득하다. 사소한 습관조차 다이어트에 길들여져 있을 확률이 크다. 예를 들어 흰 쌀밥을 무조건 피하며 곤약밥, 현미밥 등으로 대체하고, 늘 반 공기를 먹는다. 하루에 물 2리터를 억지로 마시고, 매일같이 몸무게를 잰다. 집에 각종 다이어트 식품이 가득한 사람도 많을 것이다. 모두 다 버려야 한다. 다이어트와 관련된 모든 것을 머릿속에서 삭제해야 한다는 말이다.

음식을 볼 때 머릿속에 자연스럽게 칼로리와 영양성분이 떠오르는가? 이 음식은 살이 찌는 음식인지 아닌지가 떠오르는가? 그 순간 바로 머릿속을 비우는 연습을 해야 한다.

처음엔 어렵다. 나 역시 그랬다. 어느 날은 한정식 집에 갔는데 밥상을 보며 이런 생각이 떠올랐다. '밥 한 공기에 300킬로칼로리지. 여기에 찌개들과 수많은 반찬, 그리고 튀긴 음식을 먹으면 대체 몇 칼로리가 되는 거지?' 나도 모르는 사이에 자연스럽게 머릿속에서 계산을 하고 있었다. 그걸 깨달은 순간 '내가 또 다이어트를 생각하고 있네'라고 인지하고 생각을 도중에 끊어버렸다.

그리고 용기를 내서 먹었다. '도전'했다고 표현하는 것이 맞을 것이다. 계속 다이어트 할 때는 상상도 못 했던 음식을 일부러 먹으면서 기존에 갖고 있던 다이어트 상식들과 습관들에서 차근차근 벗어나 평범한 식사로 돌아가려고 노력했다.

다이어트 강박이 심한 사람들에겐 다이어트를 놓아버리면(살이 찌면) 큰일이 날 것만 같은 두려움이 생긴다. 하지만 다이어트를 놓는다고 여러분이 생각하는 큰일은 나지 않는다. 과거의 나 역시 폭식증을 고치고자 다이어트를 그만뒀을 때 '100킬로그램까지 찌면 어떡하지'라는 걱정을 했다. 멈추지 않는 폭식으로 보았을 때는 충분히 그렇게 될 것 같았기 때문이다.

하지만 쉽게 살이 빠지지 않는 만큼, 쉽게 살이 찌지도 않는다. 다이어트를 놓는다고 갑자기 20~30킬로그램이 찌는 일은 일어나지 않는다. 오히려 다이어트를 놓는 과정을 통해 폭식이 사라지면 자연스럽게 살이 빠진다.

오히려 다이어트를 놓지 못하고 끊임없이 반복하게 된다면, 우려한 만큼 살이 찔 가능성이 높아진다. 우리가 알다시피 폭식은 일반적인 양을 먹는 게 아니기에.

다이어트가 주는 스트레스에서 완전히 벗어나야만 평범한 식사를 할 수 있다. 그러니 나를 옭아맸던 다이어트에서 자연스럽게 한 발 한 발 멀어지는 연습을 하자.

셋째, 환경을 바꾼다.

폭식증을 겪고 있을 때에는 마치 스스로가 만든 동굴 안에 갇힌 느낌이 든다. 아무것도 보이지 않고 오로지 다이어트, 음식만 가득한 동굴이다. 그 동굴에서 벗어나기란 좀처럼 쉽지 않기 때문에 억지로라도 환경을 바꿀 필요가 있다.

자기 자신을 혼자 둬선 안 된다. 억지로라도 사람을 만나야 하고 혼자 부정적인 생각을 하지 못하게끔 사람들 틈에 섞여 있어야 한다. 음식 외에 다른 것에 초점을 두어야 폭식이 점점 사라지는

데, 자연스럽게 초점이 다른 데로 옮겨가는 것이 어렵기 때문에 억지로라도 그런 환경에 맞닥뜨릴 수 있게 만드는 것이다.

사람을 많이 만나는 환경이라면 더 좋다. 최대한 바쁘게 지내는 것을 추천하지만, 갑자기 하루아침에 바쁜 일상을 보내기는 쉽지 않다. 아르바이트를 해도 좋고, 학원에 다녀도 좋고, 하다못해 친구들과 약속을 많이 잡아도 좋다. 그렇게 혼자 있는 시간을 줄이고 사람들과 함께 있는 시간을 많이 만드는 게 좋다.

혼자 있고 싶을 것이다. 그게 행복한 것은 아니지만 혼자가 편하니까. 사람을 만나기 싫을 것이다. 그래도 억지로 피하지 못할 약속들을 잡아 집 밖으로 내 몸을 내보내야 한다.

처음에는 환경을 바꿔도 다이어트 생각, 음식 생각이 100퍼센트 사라지지 않을 것이다. 환경이 바뀌면서 이전에는 받지 않았던 스트레스를 받을 수도, 화가 날 수도 있다. 어떠한 자극과 감정이더라도, 최소한 혼자 폭식을 반복할 때보다는 여러 가지 감정들을 느낄 수 있을 것이다. 다양한 감정과 경험에 맞닥뜨림으로써 다이어트에만 맞춰져 있는 머릿속 초점을 분산시키는 것이 좋다.

나의 이야기를 해보자면, 폭식증 당시 나의 생활 패턴은 정말 이지 폭식하기에 최적인 상태였다. 반복되는 폭식으로 인해 이대로 가다간 영영 빠져나오지 못할 것 같아 짐을 싸들고 고시원으로 들어갔다.

당시 나는 한 번도 자취를 해본 경험이 없었는데, 막상 고시원에 들어가니 웬걸. 숨 쉬는 것 빼고는 다 돈이었다. 그러니 자연스럽게 돈을 아끼는 것에 집중했고, 낯선 환경과 패턴에 적응하느라 음식 생각에서 벗어날 수 있었다. 돌이켜보면 '생존'을 앞세워 음식 생각에서 벗어난 환경을 만든 것이다.

폭식증을 극복하기 위해 고시원에 들어가라는 소리가 아니다. 이렇게 말도 안 되는 뜬금포 같은 행동이더라도 좋다. 어떠한 방식으로든 용기를 가지고 실행에 옮겨 환경을 바꾸면 폭식증에서 벗어나는 데 큰 도움이 될 것이다.

넷째, 다른 사람과 식사를 한다.

폭식증을 앓고 있는 경우 대부분 혼자 폭식을 하는 경우가 많다. 당연히 남의 눈치를 보지 않고 혼자 폭식하는 것이 너무도 편하기 때문이다.

폭식증을 고치기 위해선 나 혼자가 아닌 다른 누군가와 함께 식사를 하는 것이 도움이 된다. 친구, 가족 등 폭식증을 가지고 있지 않은 평범한 사람들과 함께 식사를 하는 것이다.

처음엔 불편하고 싫을 것이다. '나는 더 먹고 싶은데 앞 사람은 배부르다네. 나만 이상한 사람 같네.' 처음엔 그런 생각이 들 것이다. 하지만 계속 억지로라도 같이 식사를 해야 한다. 평범한 식습관을 가진 사람들의 도움을 빌리는 셈이다. 평범한 사람들은 어떻게 식사를 하는지, 나 자신이 정상적으로 식사를 할 수 있을 때까지 배우는 과정이라고 생각하면 좋다.

그렇게 일주일, 이주일, 한 달, 두 달, 세 달이 지나면 반드시 변한다. 다이어트 하기 전으로, 정상적인 식사 패턴으로 자기 자신도 모르는 사이에 돌아가게 된다.

단번에 사라지는 마법의 약은 없다

간혹 폭식증 때문에 너무 힘든 나머지, '식욕억제제를 먹어볼까?' 생각하는 사람들이 있을 것이다. 의외로 많은 사람이 뜨끔할 거라 생각한다. 왜냐하면 나 역시도 폭식을 없애기 위해 진지하게 식욕억제제를 고민했던 적이 있기 때문이다.

폭식증을 고치고자 이 방법 저 방법 다 써보다가, 식욕억제제를 알게 된 순간 어둠 속에서 한줄기 빛을 발견한 느낌이 든다. 폭식증 때문에 찐 살이 식욕억제제를 먹으면 다 빠질지도 모른다는 희망. 과연 그럴까?

클래스를 진행하면서 식욕억제제에 손을 댔다가, 식욕억제제를 끊은 이후 미친 듯이 몰려오는 식욕 때문에 심각한 요요현상을 겪은 회원들을 자주 접했다. 그들의 사연을 들어보면 식욕억제제를 접하게 되는 동기는 비슷하다. 초반에 식욕억제제로 식욕을 잡고 살을 뺀 다음에 다시 정상적인 식생활로 돌아가 스스로 절제하며 체중을 유지해나갈 수 있을 거라는 생각. 하지만 애석하게도 현실은 생각과는 다르다.

식욕억제제는 각종 부작용으로 악명이 높을뿐더러, 계속 복용하는 경우 내성까지 생기게 된다. 식욕억제제는 말 그대로 식욕을 억누르는 거지 없애는 것이 아니다. 식욕억제제를 끊었을 때를 상상해보라. 식욕억제제를 끊는 순간 그동안 눌러왔던 식욕이 눈덩이 같은 폭식으로 되돌아온다.

식욕억제제는 근본적인 해결책이 될 수 없다. 쉽게 가려다 더 먼 길을 돌아가지 않길 바란다. 식욕억제제로 살을 뺄 수 있다면 세상에 다이어트 하는 사람은 존재하지 않을 것이다.

폭식은 절대 마법처럼 한순간에 사라지지 않는다. 폭식증을 스스로 치료하는 과정에서 정상적인 식생활을 이어나가다가 갑자기 폭식이 재발해 두려움에 떠는 사람들이 많다. 지금껏 잘 해왔는데 또다시 폭식이 터지다니. 여태까지 쌓아왔던 노력이 물거품이 되는 듯한 느낌을 갖고 절망한다. 그들에게 꼭 해주고 싶은 이야기가 있다.

한번에 폭식이 사라지는 사람은 없다. 이틀에 한 번꼴로 터졌던 폭식이 일주일에 한 번, 그리고 이주일에 한 번, 한 달에 한 번으로 줄어든다. 폭식은 주기가 늘어나면서 서서히 사라지게 된다. 그렇기 때문에 폭식이 재발했다고 해도 너무 두려워하지 마라. 앞으로 나아가는 과정일 뿐이니까.

폭식증을 극복하기 위해 무엇보다 중요한 것은 용기다. 냉정하게 들릴 수도 있지만, 본인 스스로가 사방을 막아버리고 혼자 숨어버린다면 폭식증이 나아질 기회조차 생기지 않고 똑같은 생활이 반복된다. 내가 변하지 않으면 아무 일도 생기지 않는다.

용기를 내서 무엇이든 하나씩 시도해봤으면 좋겠다. 나중에 용기를 낸 자신에게 고마워할 날이 반드시 올 것이다. 부디 하루빨리 평범한 식사를 하는 행복과 한 걸음 더 가까워지기를. 여러분은 충분히 그럴 자격이 있는 사람들이다.

더 이상 울면서 줄넘기를 하지 말자

과거에 폭식을 하고 울면서 줄넘기를 했던 적이 있다. 당장 살이 찔 것 같다는 두려운 마음에 '1000개쯤 하면 지금 먹은 칼로리는 대충 소모되겠지'라는 비현실적인 목표를 세웠다. 그런 계획을 세웠다는 것만으로도 살이 찌지 않을 것 같은 위안을 얻었다.

줄넘기를 들고 밖으로 나갔지만 말이 1000개지 쉽지 않았다. 1000개는 무슨! 300개쯤 하다가 그만두었다. 꾸역꾸역 줄넘기를 하다가 결국 눈물을 흘리며 포기했다. 또다시 실패라는 결과와 마주한 난 스스로를 자책할 수밖에 없었다.

돌이켜보면, 내가 폭식 후에 억지로 했던 줄넘기는 폭식증을 없애는 데에 도움이 되기는커녕, 실패를 또다시 마주하게 만들어 자존감만 낮아지게 했다. 다이어트 실패, 식욕 참는 것 실패, 운동도 실패. 나는 실패한 인간이라는 생각에 더더욱 깊은 수렁으로 빠져들었다. 폭식증은 우울이나 무기력과 함께 찾아오기 때문에 내가 아무리 발버둥을 쳐봐도 스스로가 감당할 수 없는 상태가 된다.

폭식증을 극복하는 법은 '행복해지는 법'이랑 비슷하다. 갑자기 무슨 행복 타령이냐 싶겠지만 한번 들어보라.

누구든 행복해지고자 한다. 그래서 각종 책이나, 칼럼, TV프로그램에서 행복에 관해 다룬다. 그들이 말하는 행복해지는 방법을 보면 대충 이렇다. '자신이 좋아하는 취미 생활을 해라', '좋아하는 사람들과 시간을 가져라', '마음을 내려놓고 여유롭게 생각하라' 등등.

그렇다면 그 방법들을 따라 하면 '당장' 나의 인생이 행복해질까? '행복해져야 돼. 무조건 행복해져야 돼'라고 주문을 건다고 하루아침에 불행했던 내가 행복한 나로 바뀔 수 있을까? 불가능하다는 것을 여러분도 알 것이다.

폭식증도 마찬가지다. “난 내일부터 폭식하지 않을 수 있어”라고 외친다고 당장 폭식증이 사라지는 게 아니다. 오랜 시간 여러 가지 복합적인 원인으로 생긴 폭식증은 하루아침에 고칠 수 없다. 오랜 시간 꾸준히 일반적인 식사를 하는 연습, 몸을 정상으로 돌리기 위한 노력이 필요하다.

그 과정에서 빨리 폭식증이 사라지지 않는다고 불안해하지 않아도 된다. 행복을 위해 하루하루 해왔던 일들이 쌓여 행복한 나를 만들듯이, 하루하루 차곡차곡 쌓은 정상적인 식습관을 위한 노력들이 폭식증 극복이라는 결과를 만들어내는 것이다. 그리고 그 과정에서 매일매일이 완벽하지 않아도 괜찮다. 가끔은 또 무너지는 날이 있겠지만 다시 다음 날부터 시작하고 이어나가면 된다. 크게 봤을 때 잠깐의 이탈은 과정일 뿐, 완전한 실패는 아니기 때문이다.

폭식증을 겪을 당시 나는 내가 가진 폭식증이 영원히 끝나지 않을 거라고 생각했다. 하루하루가 불행했고 눈앞이 캄캄해서 앞으로도 불행한 날들의 연속이라고 생각했다. 하지만 결국 그런 날들은 지나갔다. 하루하루의 노력이 쌓여 정상적인 생활로 돌아왔고, 불행했던 만큼 행복한 날들이 찾아왔다.

사람은 자연적으로 치유되는 능력을 갖고 있다고 한다. 내일이 오늘보다 조금 더 낫기를 바라는, 그 정도의 작은 바람만 가졌으면 좋겠다. 그 하루들이 모여 폭식증은 사라지게 된다. 결국 다 지나갈 것이다. 폭식증은 영원히 당신의 것이 아니다.

오늘도 폭식과 싸우느라 힘들었던 이들이 있을 것이다. 그들에게 이 고통도 결국 지나가고 힘들었던 시간들만큼 행복한 시간들이 찾아올 것이라고 자신 있게 약속한다.

Part 3

평생 닭가슴살만 먹고 살 순 없잖아

모두를 위한 다이어트는 없다

'2주 5킬로그램 감량 보장. 실패 시 전액 환불', '연예인 다이어트, 내돈내산 저탄고지 식단', '디톡스 다이어트 효과 본 후기', '이것만 먹어도 살 빠진다?', '인기 여자 아이돌 20킬로그램 감량 식단 공개', '한 달 만에 10킬로그램 감량 루틴!'

검색창에 '다이어트'를 치면 쏟아져 나오는 정보들이다. 다들 한 번쯤 봤을 것이다. 간절히 살을 빼고 싶은 사람들이라면, 누구나 혹할 만한 자극적인 멘트들이다.

디톡스 다이어트, 한약 다이어트, 원푸드 다이어트, 물 다이어트, 덴마크 다이어트, 간헐적 단식, 저탄고지 등 다이어트 경험이 있는 사람들이라면, 누구나 한번쯤은 이 중 하나라도 접해보고 시도해보았을 것이다.

하지만 이것들이 과연 올바른 다이어트 방법일까? 이런 달콤한 말들처럼 살을 빼기가 쉽다면, 왜 많은 사람이 다이어트에 실패하고 요요에 허덕일까? 그리고 왜 이런 자극적인 정보들이 시간이 지날수록 더 많이 쏟아져 나오는 걸까?

유명 피트니스 모델 인플루언서가 피트니스 대회에 출전해 멋진 몸을 뽐낸다. 유명 아이돌이 10킬로그램 정도 감량을 하고 180도 바뀐 모습으로 컴백을 한다. 평소 좋아하는 유명 유튜버가 '급찐급빠' 루틴을 보여주며 2주 만에 8킬로그램을 감량한 영상을 올린다.

그 모습들을 보고 있으면 '와, 대박이다'라는 생각과 동시에 '난 뭐 하고 있는 거지?'라는 생각이 든다. 어떤 배우는 탄수화물을 두 달 동안 먹지 않고 닭가슴살만 먹었다고 하고, 어떤 톱 아이돌은 3주 동안 물만 먹었다고 한다. 어떤 피트니스 모델은 하루 세 시간 운동을 했다고 한다. 그들과 나를 비교하자니, 부럽기도 하고 스스로가 초라하게 느껴지기도 한다. 나 또한 그들처럼 되고 싶다는 생각이 간절해진다.

여기서 우리가 반드시 알아야 할 것이 있다. 우리는 피트니스 모델도, 아이돌도, 연예인도, 유명 유튜버도 아니다. 그들은 그들의 직업 때문에 철저한 초절식 식단과 고강도의 운동으로 몸을 만들어내는 것이다. 그것이 생계수단이기 때문에 그렇게 시간과 돈을 투자할 수 있는 것이다. 우리는 그들과 처한 상황이 다르다.

그렇다고 우리가 그들처럼 훌륭한 몸을 가질 수 없다는 말은 아니다. 우리도 그런 멋진 몸을 무조건 가질 수 있다. 하지만 그들처럼 '단기간'에 그런 몸을 만들기는 불가능하다.

회사원이 아침 일찍 일어나 아보카도 샌드위치를 만들 시간이 있을까? 닭가슴살, 고구마 도시락을 규칙적인 시간에 먹을 수 있을까? 공부하는 학생이 값비싼 PT를 끊고, 하루 세 시간씩 운동할 수 있을까? 4교대 근무하는 간호사가 새벽 5시에 공복 유산소운동을 한 시간 할 수 있을까? 고등학교 교사가 물만 먹고 하루 종일 아무 문제 없이 수업을 할 수 있을까?

우리는 그들과 같은 시간과 여유, 그리고 컨디션을 가지고 있지 못하다. 각자의 직업과 일상이 있을 것이고, 각자의 생활 패턴은 가지각색이다.

누군가는 아침 일찍 출근을 하기도 하고, 누군가는 모두가 퇴근하는 저녁 시간에 출근을 한다. 누군가는 하루 한 끼조차 제대로 챙겨 먹지 못하고 바쁘게 산다.

각자의 몸 상태도 천차만별이다. 어떤 이는 초고도 비만이라 건강을 위해 다이어트를 하기도 하고, 어떤 이는 정상 몸무게임에도 불구하고 마른 몸을 위해 다이어트 하기도 한다. 또 다른 이는 반복된 다이어트로 식이장애(폭식증)를 겪기도 한다.

각자의 식습관과 운동 습관 또한 다양하다. 밥보다는 케이크, 과자, 초콜릿 등 디저트류를 좋아하는 사람도 있고, 하루에 한 끼도 먹지 않다가 퇴근 후에 폭식으로 스트레스를 푸는 사람도 있다. 또 과체중으로 인해 조금만 걸어도 호흡이 불안정하고 무릎에 통증을 느끼는 사람이 있는가 하면, 어렸을 때부터 운동을 좋아해 두 시간은 거뜬히 운동을 즐기는 사람도 있다.

사람마다 식습관, 운동 습관, 생활 습관, 생활 패턴, 심리 상태, 몸 상태가 가지각색이기 때문에 절대 한 가지 다이어트 방법이 통용될 수 없다.

하나의 다이어트 법을 강요하는 것은 마치 하나의 퍼즐 조각을 아무 틀에나 끼워 맞추려는 것과 같다. 아무 틀에나 억지로 끼워 맞춘다면 그 퍼즐 조각은 부서지거나 일그러질 것이다.

마찬가지로 누군가의 다이어트 방법을 무턱대고 따라 해서는 안 된다. 그러다가는 우리 몸이 퍼즐 조각처럼 부서지고 일그러질 테니까. 운이 좋으면 요요가 오고, 운이 나쁘면 식이장애까지 얻을 수도 있다. 그렇기에 우리는 우리 몸과 생활 패턴에 맞는 다이어트를 해야 한다. '나에게 맞는 나만의 다이어트'를 해야 한다.

닭가슴살을 평생 먹을 자신이 있는가?

한 번이라도 다이어트를 시도해본 사람에게 본인이 알고 있는 다이어트 식단을 이야기해보라고 하면 아마 열에 아홉은 닭가슴살과 고구마가 자동적으로 나올 것이다. '다이어트 식단=닭가슴살과 고구마'일 만큼 닭가슴살과 고구마는 다이어트의 공식처럼 자리 잡고 있다.

사실 닭가슴살과 고구마 위주의 식단은 체중 감량이 목적인 보디빌딩 선수들이 시합 전에 따르는 식단이다. 그들은 대회에서 좋은 성과를 내기 위해 수분까지 조절해가며 몸을 말리듯이 지방을 걷어낸다. 이 보디빌딩식 다이어트 식단이 가시적인 효과가 좋다 보니 적지 않은 트레이너들이 일반인들에게도 이 식단을 권하게 되었고, 일반인들에게 다이어트 식단의 정석으로까지 여겨지게 되었다.

물론 닭가슴살과 고구마 자체가 나쁘다는 말은 아니다. 물론 닭가슴살은 단백질이 풍부하고 고구마 또한 좋은 탄수화물이다. 하지만 우리가 하는 다이어트에는 닭가슴살과 고구마가 별로 의미가 없다.

왜일까? 간단하다. 우리는 평생 닭가슴살과 고구마를 먹고 살 수 없기 때문이다.

많은 사람이 다이어트에 돌입하면 닭가슴살과 고구마로 연명하며 식사량을 극단적으로 줄여버린다. 그렇게 닭가슴살과 고구마를 먹으며 불타는 의지로 살을 뺐다고 해보자. 그렇게 뺀 살을 어떻게 유지할 것인가?

사람의 몸은 참 정직하다. 먹는 것을 줄이고 움직임을 늘리면 살이 빠지고, 다시 먹는 것이 늘어나고 움직임이 줄어들면 살이 찌게 된다. 고로 뺀 살을 유지할 방법은 닭가슴살과 고구마를 계속 먹는 것뿐이다.

하지만 닭가슴살과 고구마를 평생 먹으며 살 수 있을까? 아무도 그렇게는 살 수 없을 것이다. 그렇다면, 일반식으로 돌아왔을 때에는 당연히 살이 찌게 되고, 그것은 곧바로 요요가 된다. 다이어트 전으로 돌아가는 것에서 그치지 않고 이전보다 1.5배 이상 살이 찌는 경우도 있을 것이다. 거기에 없던 식이장애까지 같이 얻는 경우도 많다.

잠깐 살을 뺐다가 다시 찌려고 다이어트 하는 사람은 세상에 없을 것이다. 그렇기 때문에 다이어트는 평생 먹을 수 있는 음식들로 시작하는 게 좋다.

일상적인 음식을 자유롭게 먹으며 양만 조절해도 다이어트에 충분히 성공할 수 있다. 우리는 시합을 준비하는 보디빌딩 선수가 아님을 기억하자.

작은 계획이 더 중요하다

다이어트는 평생 해야 한다는 말이 있다. 그만큼 체중 감량보다 유지가 어려운 것이 사실이다. 평생 닭가슴살과 고구마만 먹을 수도 없는 노릇이고……. 그렇다면 평생 유지할 수 있는 다이어트 방법은 무엇일까?

일단 일상에서 실천할 수 있는 식단과 운동이어야 한다. 우리는 다이어트를 위해 살아가는 것이 아니기 때문에 절대 그 계획들이 일상에 해를 입히면 안 된다.

예를 들어보자.

- 매일 배달 음식과 술로 스트레스를 푸는 직장인이 하루아침에 배달 음식과 술을 끊어버리고 저녁을 굶는다.
- 4교대 근무를 하는 간호사가 매일같이 공복 유산소운동을 한 시간씩 한다.
- 군것질을 즐기는 학생이 매일 새벽같이 일어나 다이어트 도시락을 싸서 학교에 간다.

과연 이 계획을 얼마나 지속할 수 있을까?

다이어트를 결심한다고 해서, 하루아침에 사람이 180도 바뀌지는 않는다. 각자의 생활 패턴이 있을 것이고, 식습관도 천차만별일 텐데, 한순간에 모든 것을 끊어버리고 일상에 무리가 될 만한 계획을 수행하기란 거의 불가능하다.

이번엔 위의 다이어트 계획을 조금 바꿔보자.

- 매일같이 배달 음식과 술로 스트레스를 푸는 직장인이 술은 주 2회 정도로 줄이고, 술 대신 맛있는 저녁 식사로 욕구를 채우며, 술을 점점 줄여본다.
- 4교대 근무를 하는 간호사가 퇴근길에 한 정거장 전에 미리

내려서 걷기로 계획한다.

• 군것질을 즐기는 학생이 학교에서 제공해주는 밥을 한 숟가락 줄이고 국물을 피하는 쪽으로 조절해본다. 쉬는 시간 중간중간에 먹는 군것질을 피하는 것에 집중해본다.

첫 번째 계획들보다 실행 가능성이 훨씬 높은 것이 느껴질 것이다.

자신이 계획한 작은 계획들로 뿌듯함을 느끼면 성취감과 자존감도 높아지기 때문에 용기 내어 좀 더 큰 계획들로 다가갈 수 있을 것이다.

다이어트를 시작한다고 해서 하루아침에 180도 달라져 극단적인 식단과 빡센 운동을 실천하는 것이 아니라 자신의 식습관에서 잘못된 부분들을 하나씩 고쳐나가며 규칙적으로 먹고 싶은 음식을 적당히 먹고 컨트롤하는 연습을 하라. 그렇게 일상에서 해낼 수 있을 만한 작은 계획들로 하나씩 바꿔나가는 것이 포인트다.

냉정한 이야기일 수도 있겠지만 하루 안 먹었다고 해서 다음날 바로 살이 빠지는 것이 아니다. 몸은 절대 쉽게 변하지 않는다. 오랜 기간 꾸준한 노력이 있어야만 몸은 변한다. 그렇기에 그

오랜 기간 스스로가 지치지 않고 노력을 이어나가는 것이 중요하다. 의지가 끓어 넘치는 당장 몇 주의 계획 말고, 미래의 내가 포기하지 않을 만한 계획들로 이어나가야 한다.

또 그 계획이 일상에 자연스럽게 녹아들어야 한다. 실천할 만해야 오늘도, 내일도, 모레도 무리 없이 이어나갈 수 있고, 그렇게 이어나간 하루하루가 쌓여 결국 '다이어트 성공'이라는 결과를 만들어내기 때문이다.

미디어에는 짧은 기간 내에 많은 몸무게를 극단적으로 감량하는 다이어트 방법들이 소개된다. 그렇다 보니 '이렇게 천천히 해서 어느 세월에 살을 빼?'라고 생각하는 사람이 많다(그런 자극적인 방법들에는 감량 이후의 요요나 부작용들에 대한 정보가 없다).

장담컨대, 극단적인 다이어트를 계획해, 엄한 실패들을 반복하고, 시간을 허비하며, 원하는 결과를 얻지 못하는 것보다 당장은 느리더라도 안전한 길로 목표까지 도착하는 게 결국에는 제일 빠른 방법이다.

밥은
'안 먹어서' 찌는 것

과거에 피팅 모델 일을 시작했을 때, 난 체중이 48킬로그램임에도 불구하고 스스로가 통통하다고 생각했다. 당시에도 충분히 적게 먹고 운동을 많이 하고 있었는데, 여기서 어떻게 더 살을 빼야 할지 막막했다. 그때 대단한 깨달음을 얻은 것마냥 생각해낸 방법이 바로 밥을 끊어버리는 것이었다.

결국 밥을 끊고 초절식 다이어트를 했지만, 처참하게 실패하고 말았다. 거기에 더해 폭식증까지 얻게 되었다. 그때 밥을 끊겠다는 결심을 하지 않았더라면 어쩌면 나에게 폭식증이 찾아오지 않았을 수도 있다.

늘 다이어트를 반복하던 나에게 밥은 '살 폭탄'처럼 느껴졌다. 그래서 밥은 쥐똥만큼 먹고는 저녁에 식욕이 터져서 엄청난 양을 폭식하곤 했다. 밥은 살이 찔까봐 안 먹으면서 나중엔 밥보다 몇 배나 많은 칼로리를 섭취하는 아이러니한 현상. 이상하게 밥을 먹으면 살이 찐다는 고정관념이 쉽게 사라지지 않았다.

하지만 수없이 다이어트 실패를 반복하고 나서 지금껏 해왔던 다이어트를 돌이켜보니 내가 살찐 원인은 밥이 아니었다. 밥을 안 먹는 대신 먹어치우던 다른 무수한 것들이 문제였던 것이다.

"이럴 바에는 차라리 밥을 제대로 먹고, 다른 것들을 안 먹는 것이 낫겠다."

그래서 규칙적이고 든든한 식사에 초점을 맞춰 연습을 시작했다. 신기하게도 식사를 든든히 하니 다른 군것질거리를 먹고 싶다는 생각이 현저히 줄어들기 시작했다. 안정된 일상을 찾으며 폭식증도 차츰 나아졌다.

과거의 내가 그랬던 것처럼, 다이어트를 하겠다고 나를 찾아오는 회원님들을 보면 탄수화물은 무조건 피해야 한다고 생각하는 분들이 많다. 하지만 탄수화물은 우리 몸에 반드시 필요한 영양분이다.

탄수화물을 극도로 제한하면 어떻게 될까? 몸이 나쁜 탄수화물, 가령 빵이나 떡, 과자 같은 것들을 찾게 된다. 군것질거리에 입맛을 들이면 배부름을 느끼는 호르몬이 줄어들어 연이어 다른 군것질거리를 찾게 된다. 게다가 혀가 자극적인 맛에 중독되어 더 자극적인 군것질거리를 먹게 된다. 배는 부르지 않는데 계속 생각나고, 영양가는 없는데 칼로리는 높고. 그렇게 살이 찌는 악순환에 빠지는 것이다.

다이어트를 반복하는 대부분의 회원님들 중에서 밥을 거의 먹지 않는 회원님들은 '군것질'을 많이 한다는 공통점이 있다. 또 식사할 때 밥을 반 공기 정도만 먹고, 반찬을 더 많이 먹는다는 특징이 있다. 흔히들 '밥보다 반찬파'라고도 부르는데, 밥을 소량만 먹게 되면 당연히 포만감이 들지 않고, 그 결과 반찬들을 더 많이 먹게 된다. 반찬은 포만감이 크지 않아 끝도 없이 들어가는 경우가 많다.

밥은 소량만 먹고 반찬은 많이 먹는다? 차라리 밥을 든든히 먹고 반찬을 적게 먹는 것이 섭취 칼로리가 훨씬 적을 것이다.

나는 지속 가능한 다이어트를 하려면 반드시 '밥'을 먹어야 한다고 강조한다. 매 끼니마다 규칙적으로 밥을 먹어 포만감을 채워줘야, 군것질거리가 덜 생각나기 때문이다. 식사를 든든히 하는 습관이 들면 군것질과 점점 멀어지게 되고, 음식에 대한 식탐도 점점 줄어들게 된다.

만약 아직도 밥에 대한 반감이 크다면, 곰곰이 생각해보는 것이 좋다.

내가 살이 찐 이유는 밥을 먹어서가 아니다. 밥 대신 먹는 다른 것들, 즉 군것질 폭식 때문에 살이 찌는 것이다. 그것들을 덜어내는 것이 먼저이지, 밥을 끊어내는 것이 정답은 아니다.

머릿속
모든 다이어트 상식을 지워라

다이어트를 반복하다 보면, 다이어트에 대한 온갖 정보와 상식이 늘어난다. 특히 폭식증을 갖고 있는 사람들과 대화하다 보면 전문가 수준으로 느껴질 만큼 많은 지식을 가지고 있는 경우가 흔하다.

한창 다이어트 의지가 넘칠 때에는 다이어트에 대한 관심도가 높다 보니 누가 가르쳐주지 않아도 다양한 정보를 자연스럽게 찾아보게 된다. 그렇다 보니 음식을 먹을 때 탄수화물, 단백질, 당류 등 영양성분표를 따져가며 비교하는 것은 기본이고, 전문가처럼 음식만 보고도 머릿속에서 자동적으로 칼로리가 계산되는 이들도 많다.

중요한 것은 이런 정보와 상식이 과할 경우, 다이어트에 실패할 확률이 높다는 것이다. 다이어트는 이론과 실천이 완전히 다르다.

자신이 가진 다이어트 지식을 꾸준히 실행에 옮기는 데는 현실적으로 큰 어려움이 있다. 인간은 기계가 아니기 때문에 탄수화물, 단백질, 당류를 따져가며 365일 매 끼니마다 먹을 수 없는 게 당연하다.

하시만 이미 머릿속에 가득한 다이어트 정보들로 인해 음식을 슬쩍 보고도 먹으면 되는 음식, 안 되는 음식이 자동으로 나눠지게 된다. 자연스럽게 음식에 대한 편견과 죄책감도 만들어진다. 결국 내가 아는 온갖 정보가 다이어트를 더 어렵게 만들고 심지어 다이어트 강박까지 갖게 하는 것이다.

나 역시 다이어트를 수없이 반복하면서 거의 전문가 수준의 정보를 갖게 되었다. 다이어트 강박이 한창 심했을 때에는 마트에서 식료품을 고를 때에도 매번 포장지 뒤편의 영양성분표를 확인하며 탄수화물, 단백질, 당류를 따지곤 했다. 바나나 한 개를 먹더라도 자동으로 칼로리를 떠올리곤 했었다. 그렇게 잘 알고 따졌으니 다이어트에 성공했을까?

다이어트는커녕 음식에 대한 강박으로 폭식증만 얻고 말았다. 음식을 온전히 음식 그 자체로 보는 것이 아니라 영양성분표를 보고 칼로리를 자동으로 계산하다 보니 머릿속이 늘 복잡했다. 조금이라도 내 기준에 부합하지 않는 음식을 먹을 때에는 (당류가 조금이라도 높거나 칼로리가 높거나) 살이 찔 것 같은 두려움과 죄책감에 시달리곤 했다. 당연히 당시의 나는 매번 음식 앞에서 다이어트 강박에 시달리느라 식사 자체를 즐길 수 없었다.

그런 스트레스가 쌓이고 쌓여서 더더욱 음식에 대한 집착을 만들어냈다. 결국 매번 칼같이 영양성분표를 따지던 순간들이 무의미할 정도로 엄청난 칼로리의 군것질거리로 폭식을 일삼곤 했다(재미있는 사실은 폭식할 때에는 일부러 영양성분표를 보지 않는다는 것이다).

당시 나는 '남들은 다 성공하는 다이어트가 나한테는 왜 이렇게 어려운 걸까'라고 생각했다. 너무 많이 알아서, 오히려 너무 어려웠던 것이다.

반복적으로 다이어트에 실패한다면 그동안 내가 알고 있던 다이어트에 대한 정보들을 머릿속에서 없애고 좀 더 단순해지는 것이 좋다. 자신의 기준에서 다이어트 시작 전보다 덜 먹고 많이 움직인다면 그것만으로도 잘하고 있는 것이 맞다.

디테일하게 들어가서 내가 먹는 음식의 칼로리가 몇이고, 탄수화물과 당류가 얼마인지를 계산하는 순간 더 헷갈리고 어려워진다. 그렇게까지 따질 필요가 없다. 우리는 기계가 아닌 사람을 기억해야 한다.

폭식을 하거나 군것질을 먹는 것이 아니고 큰 틀에서 크게 벗어나지도 않았다면 괜찮다. 세세한 것까지 모두 따지는 순간 다이어트는 더더욱 어렵게 느껴지고 일상에서 꾸준히 지속하기 어려워진다.

세상에 먹지 말아야 하는 음식은 없다

강하게 금지하면 욕망이 더 커지는 심리적 저항이 일어난다. 즉 하지 말라면 더 하고 싶은 게 인간의 심리다.

실제로 EBS 〈다큐 프라임〉에서 금지된 것에 대한 욕구를 실험한 적이 있다. 일주일간 아이들에게 말린 망고와 건포도를 주고, 망고는 자유롭게 먹되 건포도는 먹지 못하게 했다. 그렇게 일주일이 지나자 아이들은 이전과 다른 음식 선호도를 보였다. 눈에 띄게 건포도에 대한 선호도가 높아진 것이다.

'먹으면 안 된다'는 말이 아이들에게 심리적 저항을 일으켜 건포도를 먹고 싶은 욕구를 강화시킨 것이다. 이와 비슷한 실험이 여러 종류로 진행되었는데 결과는 모두 같았다.

다이어트도 마찬가지다. 내일부터 다이어트를 하기로 결심하면 더 이상 마음껏 못 먹는다는 생각에 음식 생각이 더 많이 난다. 그래서 마지막 만찬이랍시고 과식을 하기도 한다. 다들 다이어트 결심만 하면 이상하게 음식이 더 당기는 경험을 해본 적이 있을 것이다. 더 이상 못 먹는다고 생각하니 더 먹고 싶은 심리적 저항이 나타난 것이다.

그렇기 때문에 다이어트에 돌입할 때 음식에 대한 태도가 굉장히 중요하다. 똑같은 음식을 먹어도 음식을 대하는 태도에 따라 다이어트를 꾸준히 지속할 수 있을지, 아니면 포기하게 될지 갈리게 된다.

삼겹살을 먹고 싶은 상황을 예시로 들어보자. A와 B가 있다.

A는 삼겹살이 너무 먹고 싶어서 저녁에 삼겹살을 먹었다. 그렇게 먹고 싶었던 삼겹살을 먹으니 행복하고 기분이 좋았다. 만족스럽게 배불리 먹었으니 소화도 시킬 겸 차를 타는 대신 30분 정도 걸어서 집으로 가기로 한다. 맛있는 음식을 적당히 즐기며

먹은 데다, 소화를 시키기 위해 산책까지 하니 기분이 더더욱 좋아졌다. 내일도 본인이 먹고 싶은 음식을 본인이 선택해서 먹기로 마음먹는다.

B도 마찬가지로 삼겹살이 너무 먹고 싶다. '삼겹살을 먹고 싶다'는 생각만으로도 다이어트를 이미 망친 것 같다는 불안감이 들지만 결국 참지 못하고 삼겹살을 먹는다. 살찌는 음식을 먹었다는 생각에 금세 후회가 몰려온다. '아, 망했다. 이렇게 고칼로리 음식을 먹다니…… 살찌겠지?' 초조해지면 우울감이 몰려오고 스트레스는 더 심해진다. 망한 김에 '에라 모르겠다. 오늘까지만 먹자'라는 생각을 한다. 삼겹살에 그동안 참았던 군것질까지 더해버린다.

똑같은 삼겹살을 먹었지만 A와 B가 음식을 대하는 태도와 삼겹살을 먹은 뒤의 결과는 확연히 다르다. 음식을 대하는 태도에 따라 누군가에겐 그날이 성공적인 하루가 될 수 있고 누군가에겐 망한 하루가 될 수 있다.

세상에 먹으면 안 되는 음식 따위는 없다. 어떤 음식을 먹느냐가 중요한 것이 아니라 얼마나 먹느냐가 중요할 뿐이다. 어떤 음식이든 적당히 먹으면 다이어트에 절대 문제되지 않는다.

먹어도 되는 음식과 안 되는 음식의 경계가 선명한 사람일수록, 중간 없이 안 먹을 때는 아예 안 먹고, 먹을 때는 아예 이성을 잃고 과식이나 폭식을 하는 등 제어가 안 되는 성향이 나타난다. '먹으면 안 되는 음식'이라고 스스로 내린 정의가 오히려 그 음식들을 더 먹고 싶게 만들고, 결국 '적당히' 먹는 법을 더 어렵게 만드는 것이다.

오랫동안 다이어트 강박과 폭식증에 시달렸던 사람이라면 먹어서는 안 되는 음식과 되는 음식의 경계를 푸는 것이 결코 쉽지 않을 것이다. 이들에게 음식의 경계를 푸는 방법으로 꼭 권하고 싶은 것이 있다. 바로 자주 외식을 하는 것이다.

처음엔 외식 자체가 생소한 데다 바깥에서 먹는 음식들은 살을 찌게 할 거라는 편견 때문에 '내가 외식을 해도 되는 걸까?'라는 혼란스러움이 있을 수 있다. 하지만 부정적인 생각은 잠시 멈추고 일단 몸으로 부딪혀보자.

몸으로 경험하지 않으면 음식에 대한 강박은 저절로 사라지지 않는다. 겁을 먹기보다는 '나는 어떤 음식이든 조절하는 연습을 하고 있다'고 생각하고 외식에 임할 것을 추천한다. 다양한 음식을 섭취하는 빈도를 늘림으로써 음식에 대한 강박에서 서서히 벗어나는 것이다.

외식을 연습하다 보면 처음에는 조절이 어려울 수 있지만, 어느 순간 '적당히'의 감을 찾게 된다. 이러한 과정을 통해 먹으면 안 되는 음식과 되는 음식의 경계를 서서히 풀어내는 것이다.

다양한 외식 활동을 통해 나의 몸에 충분히 인지시켜주자. 먹으면 안 되는 음식은 없고, 나는 먹고 싶은 음식을 언제든 먹을 수 있는 사람이라는 것을.

Part 4

한 걸음만으로도 충분해

초콜릿 하나면 끝난다

운동은 중요하다. 특히 체력과 건강을 유지하기 위해서는 운동만큼 좋은 것이 없다. 하지만 목적에 따라 운동이 독이 되는 경우도 있다.

'먹고 싶은 것을 다 먹고 미친 듯이 운동하면 되지'라고 생각해본 적이 있는가? 나는 여러 다이어트를 시도해보면서, 이런 생각을 해본 적이 있다. 나는 술도, 야식도 너무 좋아해서 식단을 조절할 자신은 없으니, 그냥 마음껏 다 먹어버리고 대신 운동을 아주 빡세게 하는 것이다. 그렇게 한다면 살은 당연히 빠질 것이라고 믿으면서 말이다.

만약 운동의 목적이 체중 감량에 있다면 매일 서너 시간씩 운동을 하지 않는 이상 운동'만'으로 살을 뺀다는 건 쉽지 않다. 그렇게 운동으로만 살을 빼는 다이어트 방법을 내 몸에 실험해보았다. 군것질, 술, 야식을 다 먹되, 운동을 엄청 열심히 하는 다이어트를 계획한 것이다.

결과는 어땠을까? 놀랍게도 정말 단 0.1킬로그램도 빠지지 않았다. 그때 알게 된 것은 아무리 운동을 열심히 해봐야 식습관을 고치지 않으면 살은 절대 빠지지 않는다는 것이었다.

개인적으로 칼로리를 계산하는 것을 좋아하지 않지만, 이해하기 쉽도록 정확한 수치로 예를 들어보겠다.

체중 60킬로그램인 사람이 있다고 가정해보자. 이 사람이 한 시간을 열심히 걸으면 약 240킬로칼로리가 소모된다. 그런데 240킬로칼로리는 한 번의 군것질로 금세 채워지는 양이다. 케이크 한 조각만 먹어도 400킬로칼로리, 캐러멜 마키아토 한 잔만 마셔도 240킬로칼로리가 훌쩍 넘는다. 초콜릿 하나만 먹어도 한 시간을 열심히 걸어 살을 뺀 것이 무용지물이 되는 것이다.

운동을 해본 사람이라면 알 것이다. 한 시간을 걷는다는 것이 말처럼 쉬운 일이 아니라는 것을. 그런데 수백 킬로칼로리를 섭취하는 데에는 몇 분밖에 걸리지 않는다.

운동으로 태울 수 있는 칼로리는 그리 크지 않다. 그러니 다이어트에서는 운동보다 식습관 교정이 훨씬 중요하다. 식습관을 고치지 않으면 백날 운동해봐야 소용없다.

또 운동의 목적이 칼로리 소모가 된다면 지속적으로 운동을 이어나가기가 쉽지 않다. 자신이 먹은 칼로리를 운동량으로 계산해 운동을 하다 보면 어느 순간 '대체 몇 시간 운동을 해야 하지?'라는 생각에 진이 빠지고, 결국 포기하게 된다.

그렇다고 다이어트에 운동은 절대 필요 없으니 하지 말라는 이야기가 아니다. '감량'이 목적이라면 엄청난 강도의 운동에 집착할 필요가 없다는 뜻이다.

식욕을 더 자극하는 운동

다이어트를 위해 운동을 시작한 이들 중에 운동 자체를 즐기는 사람은 거의 없다. 나도 다이어트를 시작하며 여러 가지 운동을 시도해왔는데 어떤 운동이든 즐겁지 않았다. 나에게 운동은 그저 살을 빼기 위한, 날씬해지기 위한 수단이었고, 매일매일 해야만 하는 숙제 같았다.

또한 고강도의 운동으로 땀을 흠뻑 흘려야 살이 빠진다고 생각했기에 운동은 힘들고 지루한 것으로 느껴졌다. 운동의 목적이 살을 빼는 것에 맞춰지다 보니 매일 눈으로 보는 몸무게 등 각종 수치에 집착하게 되었다. 그러니 운동 자체를 억지로 꾸역꾸역 해내는 날들이 많았고, 감량이 생각보다 더디어 절망하는 날들의 연속이었다.

결론부터 말하면 고강도의 운동은 다이어트를 더 힘들고 어렵게 만든다. 심지어 고강도의 운동은 오히려 식욕을 자극할 수도 있다.

한 수영 선수가 인터뷰에서 이렇게 말한 적이 있다. "저는 하루에 6시간 30분을 훈련하고, 음식으로 1만 5000킬로칼로리(성인의 1일 권장 칼로리는 여자 2000킬로칼로리, 남자 2700킬로칼로리다. 1만 5000킬로칼로리는 성인의 1일 권장 칼로리의 5배 이상이다)를 섭취합니다." 직업이 운동선수인 그는 운동에 엄청난 양의 에너지를 소모하기 때문에 이를 보충하기 위해 그만큼 먹는 것이다.

사람은 에너지를 쓰면 그만큼 채우려는 습성을 가지고 있다. 몸은 항상성에 의거해 늘 현재 상태를 유지하려고 하는데, 운동으로 인해 신체 대사량이 높아지면 그만큼의 에너지를 원하게 된다. 즉 활동량이 많아지면 당연히 먹는 양도 많아지게 된다.

여름철에 물놀이를 해본 기억이 있을 것이다. 물놀이를 하고 나면 평소보다 더 배고프고 허기지지 않던가? 물놀이는 운동량이 굉장히 크기 때문에 칼로리 소모가 늘어 몸이 평소보다 더 많은 음식을 원하게 된다. 등산도 마찬가지다. 등산을 다녀오면 식욕이 왕성해져서 평소보다 많은 양의 음식을 먹게 된다.

살을 빼고자 열심히 고강도의 운동을 했는데, 그만큼 식욕이 늘어나서 운동한 만큼 먹게 된다면, (운동을 통해 건강해지긴 하겠지만) 우리의 목적은 달성하지 못한다.

체중 감량이 목적인 다이어트를 계획할 때는, 고강도의 운동보다는 식욕을 자극하지 않는 선에서 '한 시간 내의 저강도 운동'을 계획할 것을 추천한다.

저강도의 운동은 교감신경계 호르몬, 성장호르몬 등의 호르몬을 분비시켜 혈당을 새로 만드는 작용을 한다. 이렇게 만들어진 혈당이 몸 안에 영양분을 공급하기 때문에 식욕도 자연스럽게 줄어든다.

그리고 저강도의 운동을 하는 것보다 더 중요한 것은 운동의 목표가 체중 감량이 아닌 건강이 되어야 한다는 것이다. 나는 폭식증을 극복하고 마지막 다이어트를 끝낸 지금도 운동을 하고 있다. 매일 걷기 운동을 목표로 하고 있으며, 중간중간 요가를 하거나 헬스장에서 근력운동을 하기도 한다. 하지만 이제는 운동을 하는 목적이 과거와 달라졌다. 운동이 '수시로 불안해지는 멘탈을 잡아주는 수단'이 된 것이다. 운동을 통해 부정적인 감정들을 해소하고 일상을 활기차게 보내는 것, 건강한 체력을 만드는 것으로 목적이 바뀐 것이다.

과거에는 운동의 목적이 단순히 살을 빼는 것이라서 눈에 보이는 결과에 집착하곤 했다면 지금은 운동의 목적이 건강에 초점이 맞춰져 있다. 그러다 보니 오히려 몸의 변화는 자연스럽게 따라오게 되었다. 살을 빼는 것이 아니라 건강한 내 몸을 위해 포인트를 쌓는다는 생각으로 운동에 접근하니 꾸준히 장기적으로 이어나갈 수 있었고, 결과도 좋았다.

운동을 하는 목적이 오로지 날씬해지는 것이라면 생각을 바꾸어 '건강'에 초점을 맞춰보는 것이 어떨까? 맹목적으로 살을 빼는 것이 목적일 때보다 훨씬 더 장기적으로 스트레스 없이 운동을 지속할 수 있을 것이다.

목표는 소박하게,
계획은 최소한으로

힘든 하루를 끝내고, 달콤한 휴식을 포기한 채 시간을 내서 운동을 하는 것은 절대 쉬운 일이 아니다. 하루 일과를 끝내고 몸도 마음도 녹초가 된 상황에서 운동을 하는 것은 때로는 노동으로 느껴지기도 한다.

평소에 운동을 일체 하지 않는 사람이더라도 다이어트에만 돌입하면 헬스장이나 개인 PT숍 등 특별한 장소에서 운동을 하는 이들이 많다. 그리고 대다수의 사람이 꾸준히 운동을 나가지 못해 실패한다.

작은 성취감을 맛보고 거기서 뿌듯함을 느낄 때 다이어트를 계속 이어나가기 쉬워진다. 앞으로 나아갈 의지와 자신감을 얻어야 무엇이든 지속 가능한 것이다. 하지만 현실적으로 해낼 수 없는 운동을 무작정 계획하는 경우 금세 포기하게 된다. 그러면 성취감은커녕 좌절감과 실망감만 얻고 다이어트 자체가 무산되기 마련이다. 이는 결국 다이어트를 시작하는 것 자체를 불가능하게 한다.

운동 계획을 세운다면 일상에서 가능한, 최소한의 운동 계획을 잡는 것이 좋다. 거창하지 않아도 괜찮으니 매일 이어나갈 수 있는 정도로 말이다.

다이어트에서 '매일 이어나가는 것'의 힘을 절대 무시해선 안 된다. 고강도의 운동을 몇 주 이어나가다 포기하는 것과 저강도의 운동을 매일 6개월 이상 지속하는 것은 결과에서 엄청난 차이를 만들어낸다.

또, 운동을 하려면 꼭 헬스장에 가야 한다고 생각하는 사람이 많다. 하지만 꼭 헬스장에만 가야 운동이 되는 걸까? 아니다. 일상에서의 움직임도 충분히 운동이 될 수 있다.

자신의 일상에서 최대한 몸을 움직일 수 있는 활동으로 어떤 것이 있는지 한번 떠올려보자. 예를 들어 2층 정도는 계단으로 올라가기, 버스에서 한 정거장 앞에서 내려 걸어가기, 누군가의 심부름을 대신 다녀오기, 점심시간에 가볍게 15분 정도 산책하기 등등. 심지어 마트에서 장보기와 아이쇼핑 또한 움직임에 해당된다.

우리 삶은 운동과 별개가 아니다. 거창한 운동을 처음부터 계획한다면 자연스럽게 운동에 대한 거부감이 들기 마련이다.

운동은 억지로 시간을 내서 하는 것이 아니다. 하루의 일상 중에 조금이라도 움직일 수 있는 것들을 사수해서 하나씩 늘려가는 것이 목표가 되어야 한다. 일상의 움직임조차 운동이 될 수 있다는 것을 인지하고 하루를 마무리하기 전에 오늘은 내가 어떻게 움직였는지 되새겨보고 스스로 칭찬해준다면 결과는 자연스럽게 따라올 것이다.

걷기의 힘

마지막 다이어트를 결심했을 때 운동 계획 앞에서 잠시 머뭇거렸다. 그동안 늘 헬스장에서 극단적으로 운동을 한 것이 폭식을 불러일으켰고, 실패로 이어졌기 때문이다. 그래서 마지막 다이어트를 결심할 당시 운동을 어떻게 해야 하는가가 가장 큰 고민거리였다.

일단 나는 매일 헬스장에 가서 두세 시간씩 운동할 자신이 없었다. 이미 몇 번의 실패 경험이 있었기 때문에 그렇게 계획을 세운다면 분명 중간에 포기해버릴 것을 알았다. 게다가 나는 운동 자체를 좋아하는 편도 아니었다. 좋아하지도 않는 걸 억지로 한다면 이번에도 결과는 뻔했다. 그래서 평생 내가 무리 없이 꾸준히 할 수 있는 운동으로 뭐가 있을까 고민했다.

'그래. 괜히 무리한 운동을 계획했다가 중간에 포기하지 말고, 운동으로 스트레스 받지 않도록 생활 속에서 많이 움직이는 것을 목표로 하자.'

그렇게 다짐한 내가 선택한 운동은 바로 '걷기'였다.

처음에는 얼마나 운동이 될까 나도 의심하며 시작했지만, 걷기의 효과는 놀라웠다. 걷기 덕분에 10킬로그램 이상을 뺄 수 있었던 것이다.

걷기의 장점은 무수히 많다. 꼭 헬스장에 가지 않아도 되고, 언제 어디서나 할 수 있고, 무엇보다 일상에서 가능한 운동이었다. 걷기는 내 일상을 그대로 이어나가면서 꾸준히 지속하기도 쉬웠다. 결국 걷기는 나를 변화시켰다.

나는 매일 내가 걸은 걸음 수를 앱으로 확인하면서 걸음 수를 채우는 재미에 빠졌다. 덕분에 걷기에 흥미를 더 많이 느낄 수 있었다. 매일 목표한 걸음 수를 채웠을 때의 뿌듯함 덕분에 더욱 즐겁게 걸을 수 있었던 것이다.

걷기에도 중요한 포인트가 있다. 바로 '일상에 절대 무리가 가지 않을 정도'여야 한다는 것이다. 걷기의 목표는 무리하게 잡지 말라는 것이다. 만약 내가 마지막 다이어트 방법으로 걷기를 선택했을 때 하루에 1만 보, 2만 보를 목표로 잡았다면 며칠 만에 힘들어서 포기하고 다이어트를 지속하지 못했을 것이다.

처음 시작할 때에는 자신의 평균 걸음 수에서 1.5~2배 정도로 걸음 수를 늘리는 것을 목표로 하라. 걷기 앱을 깐 다음 평소 몇 걸음 정도 걷는지 확인해보고 목표를 잡는 것이다.

가령 처음에는 버스 한 정거장 정도의 거리를 걷는 것으로 시작한다. 또는 같은 목적지를 가더라도 5분 정도 돌아가는 길을 선택한다. 그렇게 하다 보면 어느새 그 정도의 거리는 가뿐하게 걸을 수 있을 것이다. 그러면 조금씩 걷는 양을 늘려보라. 2000보도 안 걸었던 사람이라면 4000보, 매일 6000보 이상 걸었던 사람이라면 1만 보를 걸어보라. 그렇게 차근차근 늘려나가는 것이다.

결국 중요한 건 얼마나 걷느냐가 아니라 '얼마나 꾸준히 계획한 걸음 수를 채우느냐'다. 처음부터 무리한 계획을 세우면 걷기 운동이 버겁게 느껴질 수 있으니 처음에는 자신의 일상에 무리가 가지 않을 최소한의 걸음 수에서 시작해 차근히 늘려보자.

운동 자체가 스트레스로 다가온다면?

내 클래스를 수강했던 어떤 회원님이 들려준 이야기다.

그 회원님은 클래스 시작 전에 진행한 상담에서 운동과 관련된 고민을 털어놓았다. 웬만한 다이어트는 다 해보면서 한때는 매일 두 시간씩 헬스장에서 운동을 할 정도로 열정적일 때도 있었다고 했다. 하지만 늘 다이어트의 마침표는 요요였다고 했다.

매번 다이어트가 실패로 돌아가자 좌절감에 더 이상 열정적으로 운동할 자신도, 의지도 없다고 했다. 운동을 해야 한다는 생각

자체가 스트레스가 되는 경지에 이르렀다고 했다.

나는 회원님과 상의한 끝에 클래스 기간 중에는 운동을 하지 않기로 결정했다. 하기 싫은 걸 억지로 강행해, 한 걸음을 떼기도 전에 포기하기보다는, 할 수 있는 것부터 하나씩 해나가기로 계획한 것이다.

아예 운동을 배제해버리고 그에 대한 강박도 내려놓고 나자 금세 변화가 찾아왔다. 반드시 운동을 해야 한다는 강박이 없어지면서 스트레스를 받지 않아 마음이 평온해졌다고 했다. 일주일 만에 마음의 안정을 찾게 된 것이다. 운동을 배제한 동시에 오로지 잘못된 식습관을 올바르게 돌려놓는 것에만 집중하니 점차 일상적인 식습관이 잡혀나갔다.

더 놀라운 변화는 시간이 지날수록 변하는 자신의 모습에 회원님 스스로 용기를 갖게 되었다는 점이다. 바닥을 치던 자존감이 많이 올라왔고, 과정을 즐기는 모습도 나타났다. 마지막 주에 보인 모습은 더 놀라웠는데 바로 스스로 20~30분씩 걷기 시작했다는 것이다. 운동을 하지 않아도 된다고 했더니, 오히려 운동을 살살 시작해보고 싶은 마음이 들었다는 것이다.

운동을 즐길 수 있고, 덕분에 꾸준히 이어간다면 너무도 좋겠지만 모두가 운동을 좋아하고 즐길 수 있는 건 아니다. 그런 이들이 '운동을 해야만 한다'는 강박을 가지고 운동을 시작한다면 어떤 난관에 봉착했을 때 무너지기 쉽다. 운동을 잘 이어나가다가 하루라도 하지 못하는 경우 죄책감과 함께 살이 찔 거라는 불안함에 시달리게 되는 것처럼 말이다. 자신이 섭취하는 칼로리를 계산하면서 식사 전후로 운동을 강박적으로 해왔던 사람들이라면 더더욱 죄책감에 빠져 폭식으로 이어질 가능성이 높다.

나는 클래스에서 만난 회원님이 이전에 매일 두 시간씩 열정적으로 운동을 했던 의지에도 공감이 가고, 운동할 생각만 해도 스트레스를 받았던 마음에도 공감이 간다. 나 역시 운동에 대한 상반된 태도를 가졌었기 때문이다. 다이어트에 많은 에너지를 쏟고 나면 에너지가 방전되어 식습관 조절에 운동까지 하는 것이 부담스러울 수밖에 없다.

나는 이런 사람들에게는 잠시 운동을 내려놓고 식습관을 교정하는 데에만 초점을 맞추라고 이야기한다. 스트레스를 받아가면서 억지로 하는 운동은 결코 좋은 결과를 내지 못한다. 마음이 따라주지 않을 때에는 잠시 운동에 대한 부담을 내려놓고 자신이 할 수 있는 것부터 시작하는 것이 장기적으로는 나은 선택이다.

운동은 식습관이 어느 정도 잡히고 안정되며 편안해질 때 선택해도 절대 늦지 않다.

Part 5

참을 수 없다고
상처받지 말 것

우리는 다이어트를 위해 사는 게 아니다

다이어트를 결심하게 되는 계기는 가지각색이다. 어떤 이는 자존감을 높이기 위해서, 어떤 이는 입고 싶은 옷을 마음껏 입기 위해서. 누군가는 자신의 꿈을 위해, 또 누군가는 자신의 건강을 위해. 아니면 단순히 마른 몸이 되고 싶어서 다이어트를 결심하는 이들도 있다.

클래스를 시작하면 회원님들에게 제일 먼저 질문하는 것이 바로 '왜 다이어트를 하려고 하는가'다. 그런데 답을 듣다 보면 공통적으로 발견되는 것이 있다. 대부분 다이어트를 다짐하는 계기가 외부적인 것, 즉 외모에 대한 불만이라는 것이다.

나 역시 처음 다이어트를 시작할 때, 목적은 오로지 '외적인 변화'뿐이었다. 통통한 내 모습에 충격을 받아 다이어트를 시작했고, 날씬해지고 말겠다는 불타는 의지와 열정으로 61.8킬로그램에서 꿈에 그리던 48킬로그램까지 비교적 순탄하게 다이어트에 성공했다.

그러자 많은 사람이 나의 변화를 알아봐주고 칭찬해주었다. 당시 나는 나의 자존감이 굉장히 높아졌다고 생각했다. 하지만 그 높아진 자존감은 온전히 나의 것이 아님을 얼마 지나지 않아 느끼게 되었다.

사람들이 좋아하는 나는 '48킬로그램의 나', '날씬한 나'라는 생각을 떨칠 수 없었다. 나 역시도 48킬로그램이어야만 사람들에게 자신감 있고 당당할 수 있었다. 그렇기 때문에 1킬로그램이라도 체중이 늘어나면 내가 얻은 모든 것이 사라질 것만 같아 불안했다. 그렇게 '다이어트'에 대한 집착이 시작되었다.

목표 체중인 48킬로그램에 도달한 후에 내게는 더 이상 뚜렷한 목표가 없었다. 그저 힘들게 얻은 체중을 유지하기 위해 목표

달성 이후 몰아치는 식욕과 싸우기 바빴다. 그저 날씬해지는 것, 외적인 변화에만 초점이 맞춰진 다이어트는 결코 즐겁지 않았다. 게다가 외적인 변화를 통해 느끼는 즐거움은 아주 잠깐일뿐, 목표 달성 후에 누리는 행복도 나중엔 시시해졌다.

다이어트에 과하게 집중하다 보면 다이어트가 일상을 잡아먹는 경우가 많다. 특정한 것에 과도하게 집중하면 부정적인 것들로 초점이 맞춰지기 마련이다.

가령 다이어트를 시작하고 일주일 뒤에 몸무게를 확인했는데 살이 빠지지 않았다면 지난 한 주간 해왔던 식단과 운동을 돌이켜보며 숫자에 더욱 집착하게 된다. 왜 안 빠지지? 내 식단에 문제가 있나? 아까 먹은 반찬이 조금 짰나? 운동을 더해야 하나? 그렇게 나의 삶에 에너지와 노력을 쏟는 대신 숫자에만 집착하게 된다. 그러다 다이어트 방법뿐만 아니라 나 자신에게서도 문제점을 찾게 된다. 그것도 아주 부정적으로.

여기서 냉정하게 생각해볼 것이 있다. 우리는 다이어트를 하려고 사는 것이 아니다. 다이어트는 인생의 일부일 뿐이기에, 나머지 에너지를 다른 곳에 분산시켜야 한다. 하지만 이미 머릿속이 다이어트로 가득 차서 에너지를 어떻게 분산시켜야 할지 갈피를 못 잡는 사람들도 있을 것이다. 일이든 알바든 공부든, 사람을 만나든 취미 활동을 하든, 다이어트 외에 다른 것들을 할 수 있는 환경을 억지로라도 만들어야 한다.

빨리 가려다,
더 돌아간다

“2주 뒤에 결혼식을 가야 하는데 그때까지 5 킬로그램을 뺄 수 있을까요?”

“곧 수영복을 입어야 하는데 그때까지 살 뺄 수 있겠죠?”

“일주일 뒤에 동창들을 만나는데 그전에 살을 빼고 싶어요.”

회원님들에게 자주 듣는 이야기들이다. 일주일 혹은 2~3주 뒤의 약속이나 이벤트를 위해 살을 급하게 빼려고 한다.

다이어트를 망치는 주요 원인 중의 하나는 빨리 살이 빠지기를 원하는 조급함이다. 조급한 마음이 들기 시작하면 빠른 시간 내에 살이 빠지기만을 원하게 되고 본능적으로 빠른 길을 선택하게 된다.

'이렇게 먹다간 어느 세월에 살이 빠지나. 먹는 양을 더 줄이고, 운동을 한 시간 추가하자.'

그렇게 일상에서 감당하기 힘든 계획들을 세우게 되고, 그 계획들을 소화하려다 자신의 기대에 미치지 못하는 변화에 좌절하고 주저앉게 된다.

이런 조급한 마음은 다이이트에 도움이 되기는커녕 오히려 다이어트 의지도 꺾어버리고 스스로를 지치게 만든다. 그럴 만도 한 것이, 먹은 것도 거의 없고 운동도 과하게 하는 과정에서 오로지 '살이 얼마나 빠졌는지'에만 자연스럽게 초점이 맞춰지기 때문이다.

내가 회원님들에게 늘 하는 이야기가 있다.

"살은 그렇게 쉽게 빠지지도 찌지도 않습니다. 그리고 살은 절대 단기간에 빠지지 않습니다."

살을 빼는 것이 그렇게 쉬웠으면 세상에 다이어트 하는 사람은 없었을 것이다.

다이어트에 계속 실패하고 있다면 불가능하거나 비현실적인 기대로 오히려 나 스스로를 괴롭히고 있지는 않는지 생각해봐야 한다.

살이 빠지는 데에는 반드시 시간이 필요하다. 그렇기 때문에 애초에 다이어트에는 오랜 시간이 필요하다는 것을 받아들이고 다이어트를 시작하는 것이 정신 건강에 이롭다. 헛된 기대를 하지 않게 되니 말이다.

짧게 자른 손톱이 언제 자랄까 하는 마음에 하루하루 손톱만 쳐다보고 있으면 이상하게 시간이 느리게 가고 손톱이 자라지 않는 듯한 느낌이 든다. 하지만 시간이 지나면 손톱이 자라겠지 생각하고는 매일 손톱을 쳐다보는 대신 자신의 일상을 성실히 보내다 보면 어느새 손톱은 자라 있을 것이다.

다이어트도 마찬가지다. 언제 살이 빠지나만 생각하고 있으면 시간은 더욱 느리게 가고, 변화는 더디게 느껴진다. 그럴 경우 다이어트 과정 또한 고통스러울 것이다.

어차피 시간은 흐른다. 지금 이 순간에도 시간은 흐르고 있다. 당장은 2~3주 뒤만 보일지 몰라도 한 달 뒤의 나도 나고, 3개월 뒤의 나도 나이며, 6개월 뒤의 나도 나다. 그렇게 한 달, 3개월, 6개월 뒤의 나는 계속 달라질 것이다.

계속 변화해나갈 스스로가 기대되지 않는가? 앞으로 살아가야 할 시간들에 비하면 1년도 되지 않는 시간은 결코 긴 것이 아니다. 내가 하루하루 쌓은 노력들은 절대 도망가지 않고 계속 적립된다는 것을 기억하자. 결국 결과로 보상받게 될 것이다.

오래 걸릴 거라는 생각이 들겠지만, 실패의 변수를 줄이고 올바른 방향으로 나아가는 것이 결국 더 빨리 가는 길임을 명심하자. 우리에게 특별한 순간들은 반드시 찾아오기 마련이다. 내가 꾸준한 노력을 통해 변화를 만들어낸다면, 그 특별한 순간들을 맞닥뜨릴 때의 행복감은 배가 될 것이다.

완벽한 하루는 없다

내가 매번 다이어트에 실패했던 이유들을 돌이켜보면 스스로에게 지나치게 완벽을 요구한 것이 문제였다. 아침 · 점심 · 저녁 식단과 운동을 계획하고선, 그 계획들이 조금이라도 어긋나면 그날은 망한 하루라고 인식하고 폭주하기를 반복했다.

예를 들어, 식단을 잘 이어나가다가 예기치 못하게 누군가가 건넨 간식을 먹어버렸다면, 그때부터 하루가 꼬였다고 인식했다. 분명 매일같이 운동을 하기로 계획하고 헬스장에 갔는데, 그날이

휴무일이라면 운동을 못 했다는 찝찝함과 함께 죄책감이 몰려들었다. 그러곤 자동으로 이런 생각이 이어졌다.

'오늘은 망했다. 망한 김에 오늘까지만 먹고 내일부터 제대로 해야지.'

세상은 내 생각처럼 흘러가지 않는다. 갑작스럽게 중요한 식사 약속이 생기기도 하고, 유난히 평소보다 허기진 날이 찾아오기도 한다.

만약 그럴 때마다 자기 자신에게 엄격한 잣대를 들이대고 채찍질을 한다면 어떻게 될까? 세상에 억지로 하는 것만큼 고통스러운 것도 없다. 칼 같은 통제는 스트레스를 일으켜 다이어트를 지속하지 못하게 만드는 과한 '채찍질'이 된다. 결국 다이어트를 포기하게 되는 것이다. 그렇다고 무작정 관대해서도 안 된다. 자기 자신에게 너무 관대하면 다이어트의 경계가 허물어져 실패하기 쉽다.

중요한 것은 바로 자신과의 밀당이다. 물론 이는 굉장히 어려운 영역이다. 얼마만큼이 괜찮은 건지, 어디까지 해야 하는 건지 그 경계를 잡는 것이 쉽지 않기 때문이다. 자신과의 밀당을 어려워하는 사람들에게 제안하는 방법이 하나 있다. 바로 다이어트에 있어 나만의 큰 틀을 만드는 것이다.

큰 틀의 기준은 바로 '다이어트 전보다 달라진 하루를 보내고 있는가'다. 그것을 기준으로 일상에서 부딪히는 변수들을 판단해 보는 것이다. 각각의 변수들이 큰 틀에서 벗어났는지 벗어나지 않았는지.

만약 늘 야식과 술을 달고 사는 사람이 다이어트를 시작했다고 가정해보자. 이 사람의 계획에는 당연히 야식과 술을 줄이는 것이 들어가 있을 것이다. 그런데 목표대로 하루하루 이어가던 도중, 어느 날 회사에서 빠질 수 없는 회식이 잡혔다고 해보자. 그 계획만으로도 이미 이 사람은 엄청난 압박을 받을 것이다.

이럴 때일수록 자기 자신에게서 한 발 떨어져, 다이어트 전의 식습관 및 생활 패턴과 지금의 식습관 및 생활 패턴을 비교해볼 필요가 있다. 야식과 술을 즐기던 다이어트 전을 생각하면 술과 군것질을 줄이고 건전한 식습관을 위해 노력하는 것 자체만으로도 이미 변화하고 있는 것이다. 즉 큰 틀에서 벗어나지 않은 것이다. 그러므로 하루 정도 회식 자리에서 적당한 야식과 술을 즐겨도 절대 문제가 되지 않는다. 그렇기에 당연히 죄책감을 가질 필요도 없다.

과거의 나는 다이어트를 할 때에는 모든 것이 내 계획대로 완벽하게 이뤄져야 했다. 그러지 못한 하루는 의미가 없다고 생각했다. 완벽하게 해내지 못했다는 불쾌한 감정은 음식으로 달래고자 했다.

이런 패턴으로 다이어트 실패가 반복되다 보니, 문뜩 이런 생각이 들었다. 망했다는 마음에 왕창 먹었던 고칼로리의 음식들, 계획이 어긋났답시고 폭주해버리는 그 패턴만 줄여도 진작 살이 빠지지 않았을까. '제대로, 완벽하게'만을 고집하며 망한 하루라 여기고 스스로가 망쳐버렸던 그 많은 날들에 차라리 '할 수 있는 만큼'이라도 계획을 실천했다면 진작 내 몸은 달라져 있었을 것이다.

다이어트에 성공한 수많은 사람이 매일 기계같이 자신의 계획을 완벽하게 수행했기 때문에 성공했을까? 아니다. 다이어트에 성공한 이들의 공통점은 365일 완벽했던 것이 아니라 365일 포기하지 않고 꾸준히 이어나갔던 것이다.

나는 완벽하고자 하는 마음을 버렸다. 1만 보를 걷기로 했지만 6000보밖에 못 걸었더라도, 6000보를 걸은 나 자신을 칭찬해줬다. 과식을 했더라도 이전처럼 폭식을 하지 않았다며 스스로를 칭찬했다. 예기치 않게 군것질을 했더라도 연달아 군것질을 하지 않고 하나만 먹고 끝낸 스스로를 칭찬했다.

그렇게 완벽함을 버리고자 노력하니, 다이어트 중에 생각지도 못한 변수가 나타나거나 잘해내지 못한 날들이 생기더라도 무너지고 폭주하는 대신, 대수롭지 않게 여기고 하루하루를 이어나갈 수 있었다. 결국 그 하루들이 모이고 모여서 다이어트 성공이라는 결과를 만들 수 있었다.

앞만 보고 달려가다가 문뜩 지치고 힘든 날이 있거나 예기치 못한 변수로 인해 계획한 만큼 해내지 못했다면 우선 자신이 '큰 틀에서 벗어났는지'부터 판단해보자. 큰 틀에서 벗어나지 않았다면, 분명 당신은 잘하고 있는 것이다.

다이어트는 아주 잘한 날과 아주 못한 날의 반복이 아니라 꾸준히 '할 수 있는 만큼 해낸 날'들이 모여 성공으로 이어진다. 완벽함보다 작은 실행이 낫다. 작은 실행이 하나씩 모여서 커다란 결과로 나타날 것이다.

현재의 나를 '인정'하자

한 회원님께 이런 질문을 받은 적이 있다.

"수연 선생님은 다시 살을 빼기 시작할 때면 본인의 살찐 모습에 의욕이 사라지거나 스트레스를 받지 않으셨어요? 저는 자꾸 제 몸을 보고 무너져버려요."

48킬로그램까지 피땀 흘리며 줄였던 체중이 정신 차리고 보니 60킬로그램으로 역주행했을 때, 나는 내 몸을 두 눈으로 보면서도 믿기지가 않았다. '이건 내가 아니야. 날씬한 내가 잠시 살이 찐 것뿐이야'라며 나 자신을 부정했다. 당시 내가 생각하던 나의 기본 값은 '날씬한 나'였기 때문에, 살찐 내 모습은 내가 아니라고 생각했다.

하지만 시도하는 다이어트마다 실패했다. 한 치의 오차도 없는 식단과 운동을 강행했을 때에도 단 1킬로그램도 빠지지 않았다. 정말 억울했다. 대체 누굴 원망해야 하는지도 모르겠고, 평생 살을 뺄 수 없을지도 모른다는 두려움까지 찾아왔다.

그렇게 실패를 반복하다 보니 느끼게 된 것이 있다. 지금 내 모습, 내 상황을 부정하고 회피하기 위한 다이어트는 절대 성공할 수 없다는 것이었다.

흔히들 내가 어떤 모습이든 나 자신을 사랑해야 한다고 말한다. 하지만 내게 '통통한 내 모습도 사랑하세요'라는 말은 하나도 도움이 되지 않았다. 도무지 사랑할 수 없는 모습이었으니 말이다. 그래서 사랑까지는 아니더라도 '인정'하기로 했다.

그렇게 스스로의 기준에 갇힌 나 자신을 조금씩 놓아주기 시작했다. 통통하더라도, 살이 쪘더라도 이런 나를 인정하고 현실을 회피하지 않으려고 노력했다. 살이 쪘다고 해서 살이 빠질 때까지 옷을 사지 않는 게 아니라 통통하면 통통한 대로 몸에 맞는, 단정하고 깔끔한 옷을 샀다. 그렇게 스스로를 더 이상 깎아내리지 않으려고 노력했다.

또 살찐 내 모습을 보여주기 싫어 피했던 사람들과의 만남도 더는 회피하지 않고 당당히 부딪혔다. 살이 찐 게 무슨 죄를 지은 것도 아니고 살이 쪘더라도 그걸 내 모습이라 생각하고 받아들이니 사람들을 만나는 게 크게 두렵지 않았다. 나에게도 평범한 일상이 생겼다.

나 자신을 인정하고, 차츰 평범한 일상생활을 하다 보니 기분 좋은 자신감이 올라오기 시작했다. 지금보다 좀 더 나아질 수 있지 않을까? 지금쯤이라면 다시 한 번 할 수 있지 않을까?라는 생각들이 말이다.

다이어트에서 제일 중요한 것은 식단도 운동도 아닌 나의 '마음'이다. 자기 자신을 부정하고 현실을 회피하려는 마음에서 시작한 다이어트는 절대 성공할 수 없다. 지금 자신의 모습이 혹시 마음에 들지 않더라도, 있는 그대로 인정해주자. 자기 자신을 인정하는 마음이 다이어트 성공의 첫걸음이다. 나 자신을 있는 그대로 인정하는 마음이 깔려 있어야 조급해지지 않고 다이어트를 긍정적으로 이어나갈 수 있다.

또 한 가지, 내 노력은 나만 안다. 주변 사람들의 말에 휘둘리지 말자. 어느 날 한 회원님이 내게 고민이 있다면서 자신의 이야기를 털어놓았다.

"선생님, 저는 선생님이 알려주신 대로 제게 맞는 현실적인 목표를 세웠어요. 군것질하지 않고 일반식을 적당히 먹으며 스트레스 없이 다이어트를 하고 있었죠. 그런데 회사 상사분께서 그렇게 먹어서 살이 빠지겠나고 하시는 거예요. 다이어트 하는 것 맞냐고요. 그 말을 들으니, 갑자기 울컥하고 스트레스를 받았어요. 나름 잘해오고 있다고 생각했는데……. 제가 잘하고 있는 것 맞나요?"

난 그 회원님께 이렇게 답했다.

"그 상사분께서는 회원님이 어떤 노력을 하는지 알지 못해요.

알려고 하지도 않고요. 그저 보이는 것만 보고 내뱉은 말일 뿐이에요. 회원님은 회원님만의 속도로 나아가고 있는 중이에요. 시간이 흐르면 회원님의 몸은 계속 변할 거예요. 스스로를 믿고 남의 말, 남의 기준 따위는 신경 쓰지 마세요. 스스로를 믿고 하던 대로 하면 돼요. 잘하고 있어요."

실제로 그 회원님은 자신만의 속도로 꾸준히 나아갔고, 결국 1년 뒤에 10킬로그램 감량에 성공했다.

모든 사람에게는 각자의 속도가 있다. 나만의 속도대로 나아가는 과정에서 우리의 노력을 알지 못하는 이들의 말 따위는 가볍게 무시해도 괜찮다. 내 노력은 나만 아는 것이다.

당장
할 수 있는 것을 하자

폭식이 터지는 포인트는 종잡을 수 없다. 지나가던 카페 창에 비친 내 모습 때문일 수도 있고, 코끝으로 훅 들어온 달콤한 빵 냄새 때문일 수도 있고, 누군가 메신저로 무심코 던진 한마디 때문일 수도 있다.

폭식이 터지는 과정은 매우 고통스럽다. 먹으면서 행복한 것도 아니고, 그렇다고 먹는 행위가 멈춰지는 것도 아니다. 또 폭식이 시작되면 마음 깊은 곳에서 불안과 혼란이 몰려온다. 아무도 모르는, 아무도 몰라야만 하는 나만 아는 내 모습. 그 모습을 또

다시 반복하고 있다는 사실 자체에 자괴감이 느껴진다.

폭식 후에는 끝없는 터널 중간에 서 있는 느낌이 든다. 앞으로 가봤자 끝이 없을 것 같은 동굴 안에 있는 느낌. '내 폭식은 평생 사라지지 않겠구나. 이만큼 먹었으니 또 얼마나 살이 찔까.' 시야가 좁아지고 부정적인 생각이 꼬리에 꼬리를 물고 이어지면서 절망이 몰려든다.

실패한 자신에 대한 실망감, 더부룩한 속, 기분 나쁜 배부름. 살이 찔 거라는 두려움과 스트레스 그리고 우울이 합쳐져서 자기혐오가 나타나기도 한다.

사실 이런 상황에서는 어떤 조언도 도움이 되지 않는다. 마음을 다잡으려 노력해도 우울한 감정들이 해소되지 않는다. 시커먼 검은색 물감에 아무리 밝은 노란색 물감, 파란색 물감을 섞어보아도 검은색 물감이 화사하게 밝아지지 않는 것처럼 말이다.

그럴 땐 억지로 부정적인 감정을 긍적적으로 바꾸려고 노력하지 말고, 당장 몸을 움직여 실천할 수 있는 행동을 해보는 것이 좋다.

예를 들어 당장 샤워를 한다든지, 노래를 듣는다든지, 산책을 한다든지, 청소를 한다든지 몸을 움직이는 것이다. 몸을 움직이기 싫다면 영화를 봐도 좋고, 아주 웃긴 개그 프로그램을 봐도 좋다. 어떠한 행동을 함으로써 부정적인 생각의 흐름을 끊어주는 것이다.

뭐가 되었건 상관없다. 그 행동을 시작하자마자 폭식으로 인한 우울감이 사라지는 것은 아니지만, 이러한 행동들을 함으로써 자기 스스로를 갉아먹는 부정적인 생각을 조금이나마 줄일 수 있다.

폭식을 단번에 끊어내면 좋겠지만, 노력 중에 폭식이 터졌다고 해서 여태까지 해왔던 노력이 물거품이 되는 것은 아니다. 그동안의 노력들은 어디 도망가지 않고 한쪽에 차곡차곡 쌓여 있다. 폭식을 했다고 해서 모두 망한 게 아니다. 진짜 망하는 것은 망했다고 생각해 모든 것을 놔버리는 것이다.

우울한 날에 잠을 자고 일어나면 괜찮아질 때가 있다. 당장 해야 할 일들을 하고 평소보다 빨리 잠에 들자. 그리고 아무 일 없었던 것처럼, 해왔던 대로 내일을 이어나가면 된다.

Part 6

폭식 없는 내 인생의 마지막 다이어트

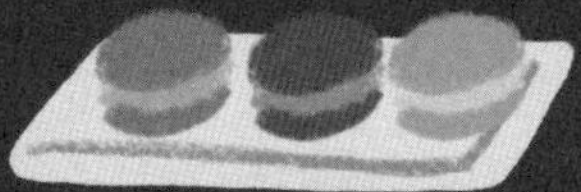

1단계

기간은 1년,
기대치는 최소한

인간관계든 돈이든 너무 쫓아가면 오히려 멀어지는 것처럼, 다이어트 역시 과하게 결과를 좇다 보면 오히려 성공에서 멀어지곤 한다.

다이어트에 성공하기 위해 다이어트에 대한 기대치를 최대한 낮춰보자. 일종의 전략인 셈이다. 앞으로 다이어트를 이어나갈 나 자신이 더 이상 스스로에게 실망하지 않기 위한, 멘탈이 무너지지 않기 위한 전략 말이다.

우리는 하루아침에 살이 찐 것이 아니다. 분명 살이 찌는 데에 오랜 시간이 걸렸을 것이다. 그렇다면 살이 빠지는 데에도 일정한 시간이 필요한 건 당연한 일이다. 그러니 애초에 다이어트를 시작할 때, 자연스러운 것들을 부정하기보다는 받아들이고 인정하자. 그리고 빠른 시간 내에 살이 빠질 것이라는 헛된 기대를 품지 말자(헛된 기대가 주는 좌절감과 거리를 두고, 스스로를 보호하는 것이다). 무작정 살이 빠지는 것에만 초점을 두기보다는 건강한 생활 습관을 만드는 것에 초점을 두어 다이어트를 이어나가보자.

최소한의 기대치를 목표로 시작한 다이어트가 오히려 다이어트 과정에서 당신의 멘탈이 흔들리지 않게 도와줄 것이다. 그렇게 큰 기대 없이 묵묵히 하루하루를 이어나가다 보면, 그토록 갈망하던 몸의 변화는 부수적으로 자연스럽게 따라올 것이다.

다이어트 기간을 정할 때에는 최소 1년을 잡을 것을 추천한다. 기간이 길면 길수록 다이어트 과정에서 조급해지지 않는다.

1년이라는 시간이 까마득하게 길게 느껴지는 이들도 있을 것이다. 하지만 우리는 마지막 다이어트에 임하고 있음을 명심하자. 앞으로 펼쳐질 남은 생에, 다이어트를 도돌이표처럼 반복할 바엔 1년은 결코 긴 시간이 아니다. 1년 동안 단단하게 습관을 잡아놓고 다이어트에 대한 스트레스 없이 다이어트에 마침표를 찍는 것이다.

1년이라고 하면, 365일을 다이어트에 시달려야 할까? 아니다. 앞으로 내가 이야기할 다이어트 방법들은 먹고 싶은 음식을 먹으며, 자신에게 적당한 정도의 운동을 권할 것이기 때문에 당신이 이전에 했던 다이어트에 비하면 전혀 힘들지 않고, 오히려 즐거울 것이다. 시간이 흘러 나중에는 내가 다이어트를 하고 있다는 사실조차도 잊을 정도로 말이다.

2단계

살찌는 습관을 찾아내라

다이어트를 본격적으로 시작하기에 앞서 가장 중요한 첫 번째 스텝은 바로 내가 왜 살이 쪘는지 곰곰이 생각해보는 것이다.

찬찬히 자신의 식습관과 생활 습관을 한번 돌이켜보자. 술을 좋아한다든지, 군것질을 자주 한다든지, 식후에 반드시 후식을 먹는 습관이 있다든지, 야식을 먹고 바로 잠자리에 든다든지.

오랫동안 스며든 습관 중에서 나를 살찌게 만든 원인이 분명 있을 것이다. 자신이 살찐 원인을 인식하는 것과 인식하지 못하는 것은 분명 다르다.

다음의 체크리스트 중에 자신에게 해당하는 것들을 체크해보자.

□ 식사 시간이 규칙적이지 않다.

□ 밥보다 면이나 빵을 더 좋아한다.

□ 술을 자주 마신다.

□ 혼자 식사하는 경우가 많다.

□ 밤늦게 군것질을 한다.

□ 배고픈 경우 많이 먹고 아닐 때는 굶는다.

□ 밥을 빨리 먹는다.

□ 음식으로 스트레스를 푼다.

□ 가까운 거리라도 걷는 것을 귀찮아한다.

□ 절식과 폭식을 반복한다.

□ 잠자리에 들기 직전에 식사를 한다.

□ 눈앞에 먹을 것이 있으면 배고프지 않아도 먹는다.

자신이 살찐 원인을 정확히 인지했다면, 그 원인들을 덜어내는 것이 첫 번째 목표다. 다만, 오랜 시간 자리 잡힌 잘못된 식습관을 한번에 없애는 것을 목표로 잡는 대신, 점차 줄여나가는 것에 초점을 맞추자.

술을 주 2~3회 즐겨 마시는 사람이라면 주 1회로 줄인다든지, 밥보다 면이나 빵을 더 좋아하는 사람이라면 하루 한 끼는 제대로 된 식사를 챙겨 먹는 것을 목표로 한다든지, 기존에 활동량이 전혀 없는 사람이라면 하루에 최소 20분 정도는 걸어주는 것을 목표로 한다든지 말이다.

3단계

일반식을 먹어라

이제는 먹고 싶은 음식을 어떻게 먹을지, 어떻게 스트레스 없이 다이어트를 이어나갈지 구체적으로 이야기해보자.

먼저 식단은 먹고 싶은 것들을 기준으로, 일반적인 식사로 구성하라. 일반식의 기준이 뭘까?

다이어트를 여러 번 반복했던 사람이라면 일반식이라는 말에 잡곡밥 반 공기와 두부구이, 채소볶음 등 다이어트 일반식(클린식이라고도 부른다)을 떠올릴 수도 있겠다.

하지만 내가 말하는 일반식은 그런 것이 아니다. 김치볶음밥, 삼겹살, 제육볶음, 카레, 짜장 등 평범한 사람이 '식사'로 먹는 메뉴들을 말한다. 감이 오지 않는다면 우리가 중 · 고등학생 시절 먹었던 급식을 생각해보면 이해가 빠를 것이다.

거창한 것은 필요 없다. 밥 한 공기에 여러 반찬이 있으면 그게 일반식이다. 하다못해 밥 한 공기에 김치, 김, 소시지마저도 일반식에 해당된다.

먹고 싶은 음식이 따로 떠오르지 않을 경우에는 밀가루 음식보단 한식을 추천한다. 이유는 포만감 때문이다. 밀가루 음식은 포만감이 쉽게 느껴지지 않고 금세 배고픔을 느끼기 쉽지만 한식류는 포만감이 비교적 오래가기 때문이다.

먹고 싶은 음식이 떠오르지 않을 경우 한식류를 추천하는 것일 뿐 밀가루 음식을 먹지 말라는 말이 아니다. 내 몸이 밀가루 음식을 원한다면 그 욕구를 해소시켜주는 것이 맞다.

평소에는 한식류로 식사하되, 면 종류, 피자, 햄버거 등 밀가루 음식이 먹고 싶은 날엔 피하지 말고 식사로 먹어주자. 밀가루 음식의 포만감이 한식류보다 적더라도 원하는 음식을 먹고 느끼는 만족감이 더 크다면 그것으로 된 것이다.

자신이 먹고 싶은 음식을 피하지 않고 먹는 것은 장기적으로 다이어트를 이어나가는 데 매우 중요하다. 음식에 대한 미련이 남지 않게 욕구를 해소해 나중에 음식에 대한 집착이나 식탐이 쌓이는 것을 막아주기 때문이다. 그러니 죄책감 없이 먹고 싶은 것을 먹자. 그렇게 먹어도 괜찮다.

4단계

나만의 1인분 찾기

다음은 자신만의 1인분을 찾는 것이다.

어떠한 메뉴든 중요한 것은 음식의 종류가 아닌 양이다. 매 끼니마다 '1인분'을 목표로 식사를 하라.

그렇다면 과연 1인분의 기준은 무엇일까? 1인분은 말 그대로 한 명이 먹을 분량을 뜻한다. 1인분의 정확한 양이 얼마인지는 수치로 정해지지 않았다. 스스로 재량껏 결정해야 하기 때문에 많은 사람이 '1인분 찾기'를 헷갈려 한다.

어느 식당에 가더라도 1인분의 양이 명시되어 있지 않고, 심지어 여러 사람과 함께 식사를 하는 경우엔 1인분의 기준이 더더욱 애매해진다. 그렇기에 나만의 1인분의 기준을 만들어야 한다.

1인분의 기준을 만들 때는 밥 한 공기를 토대로 삼을 것을 추천한다. 식당에서 나오는 밥 한 공기를 떠올리며, 밥의 비율에 맞게 반찬을 먹어주면 된다.

식사 후의 포만감도 체크해보는 것이 좋다. 배가 터질 것 같은 불쾌한 포만감이 든다든지, 몸이 무거워지고 졸린 느낌만 들지 않으면 된다. 식사 후에 기분 좋게 배부른 느낌이 들 때까지 먹는다고 생각하면 좋다.

그래도 1인분을 찾기가 너무도 어렵다면 초반에는 식당에서 1인분으로 나오는 메뉴들로 연습해볼 것을 추천한다. 예를 들어 불고기덮밥, 제육덮밥 같은 덮밥류나 김치볶음밥, 새우볶음밥 같은 볶음밥류, 그리고 카레나 돈가스 같은 음식들이 여기에 포함될 수 있다.

그렇다고 자신만의 정확한 1인분을 찾겠다며 밥의 그램수를 재거나 다이어트 식판을 사용하는 등 심한 강박을 가질 필요는 없다. 평생 그램수까지 지켜가며 식사할 수 있는 사람은 없을 테니까.

당연히 자신만의 1인분을 찾는 과정에서 과식을 하는 날도 있을 것이다. 나 역시도 잘 지켜진 날도 있었지만 어느 날은 과식을 하기도 했다. 하지만 몇 번 과식을 하더라도 큰일이 나거나 바로 살이 찌는 것은 아니기 때문에 절대 죄책감을 갖거나 좌절할 필요는 없다. 이는 그저 자신만의 1인분을 찾는 자연스러운 과정일 뿐이다.

크고 작은 오차가 있더라도 괜찮다. 자신이 어느 정도 먹었을 때 적당한 배부름을 느끼는지, 계속해서 식사를 통해 연습하고 느끼는 것이 중요하다.

5단계

저녁을 잘 챙겨 먹을 것

아침밥은 먹는 사람도 있고, 먹지 않는 사람도 있다. 아침 일찍부터 활동이 시작되어 점심을 먹을 때까지 오래 기다려야 하는 사람이라면 과일, 요거트, 견과류와 같이 간단한 자연식 위주의 음식으로 아침을 먹어주는 것이 좋다. 하지만 원래 아침을 먹지 않는 사람이라면 억지로 먹을 필요는 없다.

아침보다 중요한 것은 점심이다. 그리고 점심보다 더더욱 중요한 것이 저녁이다.

점심과 저녁 식사는 일정한 시간에 규칙적으로 그리고 일반적인 식사로 1인분을 먹어주는 것이 좋다. 보통 다이어트를 한다고 하면 저녁을 굶으라고 하는데, 저녁을 챙겨 먹는 것이 중요하다고 하니 이상한가? 저녁을 강조하는 데에는 이유가 있다.

나는 다이어트를 할 때마다 저녁을 먹는 것에 엄청난 강박을 느꼈다. 특히 오후 6시 이후에는 금식해야 한다는 고정관념에 사로잡혀 무조건 오후 6시 이전에 식사를 마치곤 했다. 문제는 오후 6시 이전에 식사를 끝내고 나면, 자기 전에 배고픔을 이기지 못하고 뭔가를 먹는 경우가 훨씬 더 많았다는 것이다. 저녁을 먹어서 살이 찌는 것이 아니라, 저녁을 안 먹거나 적게 먹은 탓에 밤늦게 폭식이 터져서 늦은 밤에 잔뜩 먹고 자니 살이 찌는 것이었다. 차라리 저녁을 최대한 늦게 먹고 자기 전까지 허기를 느끼지 못하게 하는 것이 훨씬 나은 방법이었다.

저녁을 최대한 늦게(취침 전 네 시간만 피해주면 된다) 든든하게 먹어주면, 자기 전까지 큰 허기를 느끼지 않게 되고, 배고픔에 다른 음식들을 먹게 되는 일이 현저히 줄어든다(자연스럽게 야식의 개념도 사라지게 된다). 다른 음식들을 먹을 가능성을 만들지 않기 위해 미리 든든한 저녁 식사로 선방을 해주는 방법을 적용한 것이다.

저녁을 먹는 것에 대한 강박이 쉽게 떨쳐지지 않는 사람들은 저녁을 먹고 나서 20~30분 정도 '소화시킨다'는 목적으로 가볍게 산책을 해볼 것을 추천한다. 잘 먹은 후에 산책으로 소화시킴으로써 배부른 느낌을 눌러주어 죄책감을 낮출 수 있다.

6단계

군것질과 멀어지기

일반식을 먹으며 살을 뺀다고 하면 '너무 쉬울 것 같은데?'라고 생각하는 사람들이 있을 것이다. 하지만 포인트가 있다. 바로 식사'만' 한다는 것이다. 식사 외에 다른 것들, 즉 군것질을 하지 않는 것이 이제 해야 할 일이다.

초콜릿, 케이크, 마카롱, 과자, 아이스크림 등 군것질거리는 대부분 단순한 당으로 이루어져 있다. 그렇기에 칼로리가 높고 영양소가 없고 포만감이 적다는 특징이 있다.

초콜릿 한 개를 먹고 배부름을 느끼는 사람은 없을 것이다. 포만감이 크지 않으니 식사보다 군것질에서 훨씬 더 많은 칼로리를 섭취하고 있음을 쉽게 인지하기 어렵다.

무엇보다 군것질을 멀리해야 하는 제일 큰 이유는 군것질을 계속 먹게 되면 자극적인 단맛에 혀가 익숙해져서 더욱더 강한 단맛을 찾게 되기 때문이다. 배는 쉽게 부르지 않는 데다 먹을수록 중독되어 더 자극적인 군것질거리를 찾게 만들어 악순환의 반복이다. 군것질만큼 살찌게 만드는 악마가 없다.

군것질이 잘 생각나지 않는 식습관을 만들기 위해서는 매 끼니 식사를 든든히 하는 연습을 꾸준히 해야 한다. 일주일 동안 식사를 든든히 했다고 해서 바로 군것질 욕구가 사라지는 것은 아니다. 꾸준히 6개월 이상 이 행동을 지속해줘야 군것질 욕구가 점점 줄어든다.

군것질을 입에 달고 살았던 이들이라면 한 번에 군것질을 끊는다는 것은 불가능하다. 식사를 든든히 하는 연습을 하는 중에도 군것질이 너무 생각나는 날이 분명 있을 것이다. 어떤 회원분들은 “차라리 식사 대신 군것질을 하면 안 되나요?”라고 묻는데 이는 추천하지 않는 방법이다. 군것질은 평범한 식사처럼 포만감을 주지 않기 때문에 금세 엄청난 배고픔이 찾아오고 다른 음식을 찾을 확률이 커진다.

군것질 때문에 너무 힘들어하는 분들께 내가 추천하는 방법은 평소보다 든든하게 식사를 한 상태에서 후식을 먹어주는 것이다. 배부른 상태에서 이성적으로 군것질거리를 바라보기 위함이다. 이미 포만감을 느끼는 상태에서 군것질을 하는 경우에는 자신의 욕구만큼 군것질거리가 들어가지 않는다. 심지어 배부른 포만감으로 군것질 욕구가 사라지는 경우도 있다.

만약 식사를 하고 시간이 얼마 지나지 않았음에도 불쑥 뭔가 먹고 싶은 날이 있다면 그 배고픔이 진짜 배고픔인지 가짜 배고픔인지 관찰할 필요가 있다. 가짜 배고픔의 특징은 '특정 음식'을 먹고 싶은 것이다. 예를 들어 분식, 과자, 초콜릿 같은 것들 말이다. 또 배고픔에 따르는 신체적인 증상은 없고 배고프다는 '생각'만 존재한다. 그리고 이런 생각은 서서히가 아니라 갑자기 찾아온다.

진짜 배고픔이 느껴질 때에는 특정 음식이 아니라 어떤 음식이든 먹고 싶어진다. 또 속이 쓰리거나 배에서 꼬르륵 소리가 나는 등의 신체적인 증상이 나타난다. 가짜 배고픔과는 달리 서서히 배고픔이 찾아온다. 또한 진짜 배고픔의 경우 식사 후에 만족감이 느껴진다.

가짜 배고픔이 느껴진다면 물 세 잔 정도를 마셔주면서 속을 달래주자. 물로 가짜 배고픔을 달래기가 힘들다면 견과류와 같은 자연식으로 속을 달래며 다음 식사 시간을 기다리자.

7단계

어떤 변수에도 흔들리지 않는 연습

다이어트를 하다 보면 친구와의 약속, 기념일, 여행, 회식 등 자연스럽게 돌발 상황이 찾아온다.

그런 돌발 상황에 처음엔 당황하고 어떻게 해야 할지 고민하기 마련이다. 보통은 평소의 패턴에서 조금이라도 엇나가면 '살찌면 어떡하지' 하는 불안감을 느끼는 경우가 많다.

이런 돌발 상황이 생겼어도 절대 그 상황들을 피하지 말자. 나 자신이 어떤 환경에 놓였던 간에 항상 적당한 양을 먹는 식습관을 만드는 것이 중요하다.

친구와의 식사 약속이 있다면 1인분을 잘 조절해서 먹는 것을 목표로 하자. 한 번의 약속에서 폭식하지 않고 적당히 자신의 양을 먹는 스스로를 발견하게 되면 자신감이 붙을 것이다. 그러면 자연스럽게 다음 약속에서도, 그다음 약속에서도 전혀 흔들리지 않고 다이어트를 이어나갈 수 있을 것이다.

무작정 약속을 피하기보다는 직접 부딪혀서 자기 자신을 다양한 상황에 단련시키는 것이다. 이런 연습들이 반복되다 보면 나중에는 갑작스러운 약속에도 절대 겁먹지 않고 자연스럽게 그 자리를 즐기게 될 것이다.

또한 다이어트 중에 여행을 가는 경우도 분명 생길 것이다. 여행을 가면 특별한 음식, 맛있는 음식을 먹고 살찔 것이라 걱정할 수도 있다. 하지만 이것 또한 크게 걱정할 필요는 없다.

여행을 가서도 자신이 원래 먹던 것처럼 아침 점심 저녁, 1인분의 양을 먹어준다면 절대 살찔 일이 없다. 또한 여행을 가면 평소보다 활동량이 많기 때문에 살찔 것을 크게 걱정하지 않아도 된다.

갑작스러운 약속이 생기든 여행이 잡히든, 어떠한 상황에서든 적당한 양을 먹는 습관만 몸에 밴다면 살은 절대 찌지 않는다. 그렇기 때문에 외부의 변수에 덜컥 겁을 먹기보다는 '어떤 환경에도 흔들리지 않는 나'를 만드는 연습을 한다고 생각하고 부딪혀보자.

그런 상황에 자주 노출되고 계속 연습해서 감을 익힌다면 외식이나 약속, 혹은 여행이 불안 요소가 되지 않을 것이다.

Special Page

수연쌤 다이어트 Q&A

Q. 어느 순간부터 체중이 더 이상 줄지 않고 유지되고 있습니다. 이런 다이어트 정체기에는 어떻게 해야 하나요?

A. 살이 빠질 경우 우리의 몸은 다시 제자리로 돌아가려는 항상성 때문에 정체기를 겪습니다. 이는 너무나 당연한 현상입니다. 이런 정체기에 부딪히게 되면 적지 않은 분들이 식사 양을 줄여야 하나, 방법을 바꿔야 하나 고민을 하죠.
저는 정체기에도 방법을 바꾸지 않고 이전대로 이어나갈 것을 추천해드립니다.
변화가 없다는 것은 정체기라기보다는, 아직 노력이 덜 쌓여서 결과가 나타나지 않는 시기인 경우가 많아요.
대개 체중은 일자로 줄어들기보다는 계단식으로 줄어듭니다.
세상에 빠지지 않는 살은 없어요. 마음 편하게 먹고 다이어트를 계속 이어나가세요. 노력은 결과로 꼭 보상받게 되어 있답니다. 지금도 질문 주신 분의 노력이 차곡차곡 쌓이는 중입니다.

Q. 배가 불러도 간식이 당기는 이유가 뭘까요?

A. 세 가지 경우가 있습니다.

첫 번째는 과거에 실천했던, 식욕을 억제하는 극단적인 다이어트로 인해 식욕이 정상적으로 작동하지 않아서 몸이 즉각적으로 섭취할 수 있는 나쁜 탄수화물을 찾게 되는 거예요.

두 번째 경우는 지극히 습관적인 것이 이유일 수 있어요.

세 번째는 혀가 디저트류의 '당'에 중독되어 있는 경우예요. 디저트류는 먹을수록 포만감을 주는 호르몬을 줄어들게 해서, 비슷한 디저트류를 계속 찾게 만듭니다. 포만감을 주지 않는데도 계속 생각나고 자꾸 먹게 되어서 살이 찌는 거죠. 악순환이에요.

간식류를 찾는 습관을 줄이기 위해서는 간식을 먹고 싶은 욕구를 식사로 풀어야 합니다. '만족감'에 초점을 두고 식사하세요.

간식 욕구는 충동적으로 찾아오다가도 30분 안에 사라지는 경우가 많아요. 그러니 식사 후에 아메리카노나 차 혹은 탄산수를 마시면서 충동적인 욕구가 지나가기를 기다려보세요.

Q. 다이어트 중에 술을 먹어도 되나요?

A. 다이어트를 시작했다면 습관이 잡힐 때까지는 술은 절대 마시지 않는 것이 좋습니다.
술은 랩틴(포만감을 느끼게 하는 식욕 억제 호르몬)과 글리코겐을 감소시킴으로써 몸이 이를 보충하기 위해 탄수화물을 찾게 해요.
한마디로 술은 자신의 의지와 상관없이 탄수화물을 찾게 합니다.
술만 먹으면 다들 아이스크림이나 라면을 찾는 모습을 많이 보셨을 거예요. 특히 식이장애를 가지고 있다면 술을 마시고 폭식이 터질 확률이 100퍼센트입니다.
먹고 싶어서 먹은 거라면 할 말이 없지만, 기억도 나지 않는 상황에서 엄청난 음식을 먹었다면 너무 억울하겠죠.
습관이 잡히고 스스로 컨트롤할 수 있는 능력이 생기면 그때 술을 마시는 게 좋아요. 하지만 너무 잦은 음주는 안 됩니다.
다이어트 도중 피할 수 없는 술자리가 생긴다면, 음주 전에 식사가 될 만한 것들로 배를 아주 든든하게 채워주는 것이 좋아요. 빈속에 술을 먹게 되면 취한 후에 탄수화물을 찾을 확률이 훨씬 더 높아지기 때문이에요.

음주 전에 든든한 식사로, 다른 안주가 들어갈 틈이 없는 포만감을 만들어주세요. 술에 취해 무한대로 안주를 폭식하는 것을 막아준답니다.

그리고 다음 날 똑같이 든든한 식사를 해줘야 해요. 술 먹은 다음 날에는 식욕이 폭발하는 경우가 많아요. 그런데 전날 술을 마셨다고 살찔 것이 두려워서 굶는다면 결국에는 폭식을 하게 된답니다.

어쨌든 다이어트와 술은 함께할 수 없는 존재라는 사실을 꼭 기억해두세요.

Q. 몸무게를 매일 재는 습관이 있는데 괜찮을까요?

A. 매일매일 몸무게를 재는 건 절대 추천하지 않습니다.

하루 안 먹었다고 다음 날 바로 살이 빠지지는 않습니다. 마찬가지로 하루 먹었다고 다음 날 바로 살이 찌지도 않습니다.

며칠 만에 몸무게가 줄어들었다고 살이 빠진 것도 아니고, 늘었다고 살이 찐 것도 아니죠.

또 물을 많이 마시거나 음식을 많이 먹었을 경우 2~4킬로그램씩 왔다 갔다 하는 것이 몸무게입니다.

의미 없는 몸무게로 스트레스를 받거나 조급함을 가지게 되면 결국 다이어트에 방해가 돼요. 그러므로 몸무게는 자주 확인하지 말 것을 추천합니다! 정 궁금하다면 일주일 간격으로 확인해주세요.

몸무게를 확인하면 멘탈이 흔들릴 것 같은 분은 한동안 몸무게를 재지 않고 '눈바디('눈'과 체성분 분석기 브랜드인 '인바디'의 합성어로, 다이어트 중에 거울로 몸을 확인하는 것)'로 확인하는 것도 괜찮아요. 저 역시 몸무게를 1년 동안 재지 않았는걸요.

Q. 생리 기간에는 어떻게 해야 하나요?

A. 생리통이 너무 심하신 분들은 가벼운 산책이 오히려 생리통을 완화시켜주기도 해요. 컨디션에 따라 너무 무리가 가지 않는 선에서 가벼운 산책을 20~30분 정도 해주세요.

그리고 생리 전에 유난히 달콤한 디저트를 먹고 싶다는 욕구로 힘들어하시는 분들이 많아요. 그런 경우에는 자극적인(맵거나 짠) 메뉴로 식사를 해서 디저트 욕구를 해소시켜주는 것도 괜찮습니다.

그렇게 자극적인 식사로 욕구를 채워주면 폭식을 사전에 막을 수 있습니다!

Q. 시중의 다이어트 간식을 먹어도 괜찮을까요?

A. 요즘은 닭가슴살 칩, 단백질 빵, 현미 떡, 단백질 과자 등 다양한 다이어트 식품을 쉽게 접할 수 있습니다. 광고에 따르면 칼로리가 낮고 비교적 성분이 좋다고 합니다.

하지만 이런 다이어트 식품의 공통점은 칼로리가 낮을 수밖에 없을 정도로 양이 적다는 것입니다. 게다가 맛을 내기 위해 감미료를 많이 넣기 때문에 오히려 입맛이 돌아 하나 먹고 끝내기가 쉽지 않아요. 당연히 만족감도 애매하고요.

다이어트 식품이라는 생각에, 죄책감 없이 다이어트 간식으로 폭식을 하는 경우도 많습니다.

가끔 한번은 괜찮지만 쟁여놓고 먹는 것은 추천하지 않습니다. 차라리 입맛을 돋우지 않는 과일이나 견과류 같은 자연식을 간식으로 드세요.

Q. 치팅데이를 따로 두는 것이 좋을까요?

A. 치팅데이(cheating day)는 다이어트를 하는 많은 이들의 관심사 중 하나죠.
원래 치팅데이는 '속이다'라는 뜻의 치팅과 '날'이라는 뜻의 데이가 합쳐진 단어로 다이어트를 하면서 부족한 탄수화물을 보충하는 날이에요. 하지만 이제는 '먹고 싶은 것을 마음껏 먹는 날'로 인식되는 것 같아요.
치팅데이만 바라보며 꾸역꾸역 먹고 싶은 음식을 참다가 치팅데이가 되면 평소와 180도 달라져서 그동안의 한을 풀듯이 폭식을 하는 경우가 많아요.
치팅데이를 둬라, 아니 두지 마라. 인터넷에서도 여러 의견이 갈리지만 저는 치팅데이를 갖지 말라고 조언해요. 치팅데이가 맛있는 음식을 참지 못하고 과식이나 폭식을 하게 만드는 경우가 많기 때문이에요.
또 자연스럽게 '맛있는 음식을 먹을 수 있는 날은 오늘뿐'이라는 강박이 따라오면서 정상적인 식습관을 만드는 것을 방해해요.

치팅데이를 따로 정해둘 것이 아니라, 평소 먹고 싶은 음식이 있으면 바로 욕구를 해소시켜주세요. 그렇게 자신의 욕구를 미루지 않고 바로바로 해소해주면, 음식에 대한 집착이 쌓이지 않고 어떤 메뉴든 적당히 조절할 수 있는 능력이 생겨요.

Q. 다이어트 보조제를 먹어도 되나요?

A. 많은 회원님들이 다이어트 보조제에 대해 어떻게 생각하느냐고 질문하세요. 저는 항상 같은 대답을 합니다! "보조제를 먹고 살이 빠질 거였으면, 세상에 다이어트 하는 사람은 없을 거예요."

평생 다이어트 보조제를 먹을 수 없을뿐더러, 다이어트 보조제에는 부작용이 따릅니다. 게다가 의존도가 높아지는 중독성이 생길 수도 있습니다.

뭔가에 의존하기보다는 자기 자신을 믿고 정석대로 나아가는 것이 정답입니다!

Q. '이것만은 안 된다!' 꼭 피하는 습관이 있다면?

A. 저는 탄산음료는 절대 마시지 않습니다.

콜라 한 캔에는 각설탕 일곱 개 분량의 당분이 들어 있습니다. 한마디로 설탕 덩어리죠. 설탕 덩어리를 통째로 마시는 듯한 기분에 탄산음료를 멀리하게 되었어요.

설탕은 살을 쉽게 찌게 만들뿐더러 건강에도 큰 위협이기 때문에 여러분도 피하는 것이 좋습니다.

탄산음료를 멀리하기 어렵다면 탄산수나 제로콜라로 대체해서 차츰 줄여나가세요. 탄산음료도 안 먹는 습관을 들이면 자연스럽게 찾지 않게 되더라고요.

영양분과 포만감이 거의 없고 설탕만 가득한 탄산음료를 먹을 바엔 여러분의 소중한 몸을 위해 더 맛있는 식사로 만족감을 얻으시길 바라요.

Q. 배가 고프지 않으면 식사를 건너뛰어도 될까요?

A. 아니요. 정해진 식사 시간에 맞추어 반드시 식사하시는 게 좋아요.
지금 당장은 배가 고프지 않아도 나중에 배고픔에 폭식 욕구가 올라올 수 있고 다음 식사에 과식을 하기 쉬워요. 때문에 웬만하면 배가 고프지 않더라도 식사 시간이 되면 식사할 것을 추천합니다.

Q. 저는 상체에만 살이 많아요. 상체만 살을 뺄 수는 없는 걸까요?

A. 사람마다 유난히 살이 많이 찌는 부위가 달라요. 누구는 몸에 비해 볼 살이 많다거나, 누구는 상체는 날씬한데 하체에 살이 많다거나, 누구는 다른 부위에 비해 유난히 뱃살이 많지요.
이럴 때는 고민되는 '특정 부위'의 운동을 하면 살이 빠질 거라고 생각해요. 착각이죠. 복근운동을 한다고 해서 뱃살이 빠지는 것이 아니고, 팔뚝운동을 한다고 해서 팔뚝살이 빠지는 게 아니에요. 물론 근력운동을 통해 라인을 매끈하게 정리해줄 순 있지만, 그 부분만 지방이 사라지지는 않아요.
특정 부위에서만 살을 빼는 방법이 있다면 너무 좋겠지만, 아쉽게도 그런 방법은 세상에 존재하지 않는답니다.
규칙적이고 건강한 식습관을 통해 전체적으로 지방이 빠지게 되면, 나중엔 자신이 원하는 부위까지도 살이 빠지게 됩니다.
유난히 느리게 빠지는 살은 있어도, 안 빠지는 살은 없다는 것! 꼭 명심하고 인내심을 갖고 노력해주세요!

Q. 식사 시간이 불규칙해도 괜찮을까요?

A. 우리 몸은 항상 먹던 시간에 음식이 들어오지 않으면 스스로 비상사태라고 판단하고 지방이 축적되기 쉬운 몸으로 변해요. 그러면 기초대사량이 떨어져서 살이 찌기 쉬운 체질로 변하게 됩니다.

그러니 최대한 규칙적으로 시간을 맞춰 식사 패턴을 만드는 것이 좋아요. 분 단위까지 정확할 필요는 없고 자신이 일어나는 시간을 기준으로 아침, 점심, 저녁을 5~6시간 간격으로 드시는 걸 추천해요.

규칙적인 식사는 과한 공복감으로 발생하는 폭식 욕구를 줄여준답니다.

너무 바빠 식사를 챙기기 어렵다면 간단하게 김밥이라도 드시는 걸 추천합니다.

가끔은 먹는 게 불행해

초판 1쇄 발행 2022년 6월 22일

지은이 수연
펴낸이 최지연
마케팅 이유리, 김현지, 안이슬
디자인 수오
표지 그림 YONGSS
교정교열 윤정숙

펴낸곳 라곰
출판신고 2018년 7월 11일 제 2018-000068호
주소 서울시 마포구 큰우물로 75 성지빌딩 1406호
전화 02-6949-6014 **팩스** 02-6919-9058
이메일 book@lagombook.co.kr

ISBN 979-11-89686-44-4 03810